Distribution

Pour le Canada:

Les messageries ADP
955, rue Amherst
Montréal (Québec)
H2L 3K4
Tél.: (514) 523-1182

Pour la France:

Dilisco
122, rue Marcel Hartmann
94200 Ivry-sur-Seine
France
Tél.: (1) 49 59 50 50

Pour la Belgique:

Vander, s.a.
321, avenue des Volontaires
B-1150 Bruxelles (Belgique)
Tél.: (32-2) 762 9804

Pour la Suisse:

Transat,s.a.
4ter, route des Jeunes
Case postale 125
CH-1211 Genève 26
Tél.: (022) 42 77 40

Le Pouvoir triomphant
de l'amour

Données de catalogage avant publication (Canada)

Catherine Ponder

Le Pouvoir triomphant de l'amour

Traduction de: The prospering power of love.

ISBN 2-89225-275-X

1. Amour. 2. Réalisation de soi. 3. Succès. I. Titre.

BF575.L8P6614 1995   152.4'1   C95-941323-5

Cet ouvrage a été publié en langue française sous le titre
original:
THE PROSPERING POWER OF LOVE
Published by Devorss & Company, Publishers
© Copyright, 1966 by Unity School of Christianity
© Copyright transferred to Catherine Ponder, August 1983
All rights reserved

©, Les éditions Un monde différent ltée, 1995
Pour l'édition en langue française

Dépôts légaux: 4ᵉ trimestre 1995
Bibliothèque nationale du Québec
Bibliothèque nationale du Canada
Bibliothèque nationale de France

Conception graphique de la couverture:
SERGE HUDON

Version française:
MARIE-CLAUDE ROCHON

Photocomposition et mise en pages:
COMPOSITION MONIKA, QUÉBEC

ISBN 2-89225-275-X

(Édition originale ISBN 0-87516-525-7, DeVorss & Company,
U.S.A.)

 IMPRIMÉ AU CANADA

Catherine Ponder

Le Pouvoir triomphant de l'amour

Les éditions Un monde différent ltée
3925, Grande-Allée
Saint-Hubert (Québec), Canada
J4T 2V8

CHEZ LE MÊME ÉDITEUR

Dans la même collection:

Les lois dynamiques de la prospérité, Catherine Ponder

Le mémorandum de Dieu, Og Mandino

La télépsychique, Joseph Murphy

Le pouvoir triomphant de l'amour, Catherine Ponder

En vente chez votre libraire ou à la maison d'édition
Prix sujets à changement sans préavis

Si vous désirez obtenir le catalogue de nos parutions,
il vous suffit de nous écrire à l'adresse suivante:
Les éditions Un monde différent ltée
3925, Grande-Allée
Saint-Hubert (Québec), Canada J4T 2V8
ou de composer le (514) 656-2660

Table des matières

Introduction: Les multiples facettes du pouvoir triomphant de l'amour: Un message spécial de l'auteure 11

Témoignages d'événements heureux • Comment ces notions aidèrent l'auteure • Une invitation de l'auteure.

Chapitre 1 Le miracle de l'amour 19

L'amour personnel et impersonnel • L'amour résout les problèmes personnels et professionnels • L'amour réside à l'intérieur de vous • Le pouvoir de l'amour résout les problèmes matrimoniaux • Les expériences de l'auteure avec l'amour dans les questions d'ordre familial • La mission de l'amour • L'amour peut promouvoir la santé • L'amour guérit le caractère désagréable d'un employeur • L'amour fait prospérer un vendeur • Comment l'amour apporta la prospérité au beau milieu d'une récession • Comment réussir grâce à l'amour.

Chapitre 2 Emprunter le chemin de l'amour pour réussir 35

L'auteure utilise l'amour comme une arme secrète pour réussir • Le pouvoir de l'amour pour résoudre les problèmes • La critique peut produire des résultats négatifs • Comment se servir des initiations à l'amour • Invoquez l'amour pour résoudre toutes vos difficultés.

Chapitre 3 L'amour active le pouvoir de guérison   49

Les aspects particuliers de l'amour: le pardon et la libération • La libération est une forme de pardon • Le pouvoir de guérison de la libération • Le rétablissement d'une relation mère-fille grâce à la libération • La libération délivre une mère et son fils • Vous devez pardonner pour votre propre bien • Le pardon d'une femme au foyer apporte guérison et prospérité • Qu'est-ce que cela signifie quand les autres vous blessent ou vous déçoivent? • Comment des métastases furent guéries • Un bon remède pour ressusciter la santé, la fortune et le bonheur.

Chapitre 4 Le pouvoir de résurrection de l'amour   67

Vous pouvez vous libérer de toutes vos limitations • Comment les louanges peuvent accroître votre bien • Une comptable améliora la disposition de son employeur • Vous pouvez décupler la beauté de votre apparence et de votre environnement • Le pouvoir de guérison de la beauté • La joie a le pouvoir de guérir • Des attitudes joyeuses envers les autres peuvent les guérir • Votre vie peut être aussi agréable que vous le désirez.

Chapitre 5 Une technique spéciale d'amour: Première partie   83

Comment fonctionne cette technique • Un jeune médecin démontre l'efficacité de cette technique • Une réconciliation se produit avec une belle-mère • Une technique qui accomplit des miracles • Lorsque d'autres techniques de prière se révélèrent infructueuses • Des résultats de prospérité • Des résultats de guérison • Des résultats heureux dans des relations • Écrivez à un ange spécifique pour répondre à un besoin spécifique • L'Ange de la protection divine • L'Ange de la guérison • L'Ange de la prospérité • L'Ange de la richesse • L'Ange de la libération.

Chapitre 6 Une technique spéciale d'amour: Deuxième partie   99

Premièrement: comment atteindre le type enflammé • *Deuxièmement:* comment atteindre le type aigre-doux • *Troisièmement:* comment atteindre le type intellectuel et distant • *Quatrièmement:* comment atteindre le type zélé et querelleur • *Cinquièmement:* comment atteindre le type

inquiet et indécis • *Sixièmement:* comment atteindre le
type engagé dans des œuvres humanitaires • *Septième-
ment:* comment atteindre les nomades instables • Écrivez
à votre ange personnel • Écrire à un ange ne peut causer
ni blessure ni tort.

Chapitre 7 Comment l'amour conduit-t-il à la
prospérité?   111

L'amour dissout une dette pour un homme d'affaires • Un
avocat fait appel à l'amour pour récupérer de l'argent •
Comment on utilisa l'amour pour prospérer • L'amour
divin peut satisfaire tous les besoins • L'amour est libéré
grâce à la dîme • Le secret de la croissance financière • Les
innombrables bienfaits de la dîme • Une voie ultime pour
invoquer le pouvoir triomphant de l'amour.

Introduction

Les multiples facettes du pouvoir de l'amour

Un message spécial de l'auteure

Une grande partie du matériel utilisé dans ce livre fut d'abord publié sous forme d'une série d'articles au début des années soixante. Je voue une éternelle reconnaissance à feu James A. Decker, mon éditeur de longue date, qui rassembla les documents et qui trouva un titre pour la publication de 1966 par Unity Books. Depuis ce temps, ce livre compte parmi mes plus appréciés.

Les premiers témoignages reçus de personnes ayant étudié mon livre incluent celui d'une femme d'affaires de Kansas City (Missouri) qui me disait s'être rétablie d'une douleur dans la région dorsale après avoir appris à invoquer quotidiennement l'amour divin.

Un autre témoignage provenait d'un groupe de femmes d'affaires du Michigan qui avaient décidé de consacrer une partie de leurs réunions à glorifier l'amour divin pour l'association et ses membres. En peu de temps, plusieurs de ces femmes d'un certain âge se marièrent! Une femme de carrière, veuve depuis 25 ans, partit bientôt vivre avec son nouveau mari dans une superbe maison près de la mer dans le sud de la Californie. Pour en revenir à l'association, tant de femmes du groupe se marièrent qu'elle nécessita une complète réorganisation!

Je remercie également les dirigeants de la Unity School d'avoir donné leur accord pour la mise à jour actuelle d'une bonne partie du livre original publié en 1966 et pour une nouvelle publication chez mon éditeur de Californie, ce qui devrait permettre de rejoindre un nombre toujours grandissant de lecteurs.

Témoignages d'événements heureux

De tous les livres de croissance personnelle que j'ai écrits au cours des dernières décennies, *Le Pouvoir triomphant de l'amour* est celui que je recommande le plus souvent : d'abord, à ceux qui entament une recherche inspiratrice; deuxièmement, à ceux qui éprouvent des difficultés dans leurs relations humaines, ce que la plupart des gens vivent occasionnellement au cours de leur évolution vers une plus grande compréhension; et troisièmement, à ceux qui cherchent une méthode simple et inspiratrice susceptible d'être utilisée comme outil pour aider les autres.

Les témoignages de mes lecteurs au cours des ans concernant le pouvoir triomphant de l'amour comportent de multiples facettes :

Recouvrer des comptes échus: «Je travaille à la perception de comptes échus en me servant des notions contenues dans *Le Pouvoir triomphant de l'amour*. J'ai obtenu mes premiers résultats positifs hier soir quand un jeune homme m'a apporté 5 billets de 100 $.»

D'un hôpital psychiatrique à une nouvelle vie: «Ma mère m'a donné le livre *Le Pouvoir triomphant de l'amour* pendant la période où j'étais dans un hôpital psychiatrique. J'avais traversé bien des épreuves: un divorce, un enfant disparu et une paralysie, pour n'en nommer que quelques-unes. Un ministre du culte disait que j'avais vécu plus de choses en 30 ans que la plupart des gens en 90 ans.

Je suis maintenant sortie de l'hôpital et j'ai un emploi. Mon enfant est avec moi, et j'ai retrouvé l'usage de mes jambes. Nous menons une vie agréable et nous projetons d'acheter une maison. Des médecins m'ont affirmé que je suis une des personnes les plus résistantes qu'ils aient jamais connues. J'entrevois l'avenir avec optimisme et je continue d'étudier mon exemplaire du livre, qui est tout usé et maculé de café. Nous avons parcouru beaucoup de chemin ensemble!

Reprendre sa vie en mains après une dépression et des souffrances: J'ai donné un exemplaire du livre *Le Pouvoir triomphant de l'amour* à une locataire qui avait pris du retard dans ses paiements. Même si sa situation financière était désespérante, son esprit était réceptif aux notions du livre. De plus, le fait que quelqu'un se préoccupe de ce qui lui arrivait l'a touchée profondément. Elle s'est donc mise à affirmer que l'amour divin œuvrait dans sa vie.

En proie à de constantes douleurs et à des pertes de sang, la chirurgie semblait son unique recours. Sitôt qu'elle invoqua l'amour divin, la douleur et les saignements cessèrent. Elle se remit de sa dépression; elle reprit ses affaires en mains; et elle s'est même mise au régime pour perdre du poids.

Grâce au pouvoir de l'amour divin, elle commence à prendre sa vie en mains plutôt que de continuer de se considérer comme une pauvre victime des circonstances. Je me réjouis du fait que le miracle de l'amour est à l'œuvre, et je suis émerveillée des changements qui se produisent en elle et dans son entourage.»

L'amour surgit dans la vie d'une personne âgée en Angleterre: «J'étudiais *Le Pouvoir triomphant de l'amour*, et l'amour est venu dans ma vie par l'entremise d'un veuf distingué de mon âge (72 ans) qui vit dans une certaine aisance. Je trouve sa compagnie tellement agréable. Je bénirai ce livre toute ma vie pour le bonheur qu'il m'a procuré depuis que je l'analyse.

Comment ces notions aidèrent l'auteure

Je suis remplie de gratitude pour la manière dont le pouvoir de l'amour développe ma compréhension et épanouit ma vie depuis que j'écris sur le sujet. Une bonne part du matériel original de ce livre date du début des années soixante, alors que j'habitais un appartement qui donnait sur l'Université du Texas à Austin, où mon mari enseignait. Nous étions mariés depuis peu, et j'étais très heureuse. Toutefois, avant que mes articles soient publiés dans un livre, mon époux est mort subitement. L'amour avait alors perdu pour moi toute sa splendeur et avait volé en éclats.

«D'abord vient l'illumination, puis l'initiation suivie de la récolte d'un nouveau bien», écrivaient les mystiques de jadis. J'avais déjà découvert le pouvoir de l'amour divin et écrit sur le sujet. C'était une période d'illumination pour moi. Or, peut-être étais-je alors soumise à une initiation encore plus profonde sur l'amour.

Tout le reste de cette décennie, j'ai vécu conformément aux notions véhiculées dans ce livre. Elles me furent d'un grand réconfort et me servirent de guides, de compagnes. Durant cette période, j'ai écrit des chapitres entiers sur l'amour divin dans plusieurs autres ouvrages. Ce fut également au cours de cette décennie que je commençai à donner de nombreuses conférences à travers les États-Unis. *Le Pouvoir triomphant de l'amour* m'accompagnait généralement durant mes voyages, beau temps, mauvais temps, sur de longs vols, dans des villes étrangères, et lorsque je devais travailler avec de nouvelles personnes dans un environnement inconnu.

Mais le travail intérieur produit toujours un résultat extérieur. En 1970, d'heureux changements survinrent dans ma vie et je partis pour San Antonio au Texas. Ce fut une autre période particulièrement mémorable, c'est là que je me remariai bientôt et que mon mari me procura ma première maison. Quelques années plus tard, nous emménagions à Palm Desert en Californie — un projet que je nourrissais depuis longtemps — où je poursuis mon œuvre globale actuelle. Nous nous installâmes à proximité d'un ancien complexe cinématographique rempli de splendeurs tropicales, où je commençai à écrire une série de nouveaux livres et, devant l'insistance de mon mari, à mener une vie plus normale et plus équilibrée que jamais auparavant.

Au cours des années qui suivirent, mon travail et mon style de vie continuèrent de prendre graduellement leur essor; et j'ai bon espoir que je continuerai de progresser dans l'avenir. Toutefois, je constate que peu importe les circonstances de ma vie, pénibles ou heureuses, modestes ou agréables, les notions contenues dans ces pages continuent de s'appliquer.

Au cours des ans, lorsque les gens me décrivaient toutes les sortes de problèmes inimaginables, je me retrouvais souvent en train de leur suggérer d'étudier *Le Pouvoir triomphant de l'amour*.

Pourquoi?

Gandhi n'a-t-il pas dit un jour: «À travers l'histoire, la voie de l'amour et de la vérité a toujours triomphé»?

Une invitation de l'auteure

Un homme d'affaires du Missouri écrivait récemment:

«Je suis entré dans le Mouvement de la vérité il y a belle lurette grâce au livre *Le Pouvoir triom-*

phant de l'amour. Je l'ai souvent étudié et j'ignore combien d'exemplaires j'ai donnés. Lorsque j'ai commencé à en appliquer les notions, je me suis mis à changer. Puis ma vie s'est transformée. Je suis heureux d'affirmer qu'elle s'est considérablement améliorée avec les années.

Mais comment utiliser les notions que vous trouverez dans ce livre? Un homme d'affaires de la Californie émet cette suggestion:

«Voici une affirmation qui revêt beaucoup de sens pour moi au cours des ans: «*L'amour n'a pas été semé dans votre cœur pour y demeurer latent. L'amour n'est pas réellement de l'amour à moins d'être dispensé.*»»

Puisque l'amour divin est un pouvoir qui conduit à la prospérité et à l'illumination, qui génère l'harmonie et la guérison, j'ai confiance qu'avec l'étude de ce livre de nombreux bienfaits se répandront dans votre vie. Je vous invite dans ce cas à m'écrire pour partager avec moi l'épanouissement de votre histoire d'amour personnelle et tout à fait unique.

Catherine Ponder
P.O. Drawer 1278
Palm Desert, California 92261
USA

Chapitre

1

Le miracle de l'amour

Il y a plusieurs années, un homme d'affaires souleva la question du pouvoir de l'amour sur le succès. C'était pendant la période où j'écrivais une série d'articles sur la prospérité. Lorsqu'il prit connaissance de mon projet, ce courtier en valeurs mobilières me demanda : «Que contiennent vos articles au sujet de l'amour?» Surprise, je répondis : «Au sujet de l'amour? Mes articles traitent de la prospérité.» «Je sais», dit-il,«mais ce serait incomplet sans un article sur la loi de l'amour et de la bonne volonté menant à la prospérité. L'amour est le plus grand pouvoir qui existe pour parvenir au succès.»

Puis il me raconta comment il avait développé sa propre formule personnelle pour «redresser» les gens difficiles. Il déclara que lorsqu'il faisait le silence et qu'il les bénissait à l'aide d'une affirmation d'amour, c'était comme si une force électrique était créée et les gens s'y accordaient. Ils répondaient d'habitude rapidement avec des attitudes et des comportements harmonieux. Sinon, de nouvelles affirmations d'amour produisaient invariablement des résultats équilibrés.

Depuis quelques années, on entend beaucoup parler du pouvoir de l'amour pour accéder au succès. Un psychiatre réputé a pu établir que le besoin d'amour est vital pour l'être humain et que sans lui, nul ne peut survivre. L'homme a besoin d'amour dans sa vie sous une forme ou une autre, sinon c'est la mort. L'amour est le plus grand pouvoir existant sur terre, affirme-t-il.

Ces notions sur le pouvoir de l'amour n'ont rien de nouveau. Le plus grand psychologue de tous les temps informa l'homme de loi que l'amour était le plus grand des commandements. Paul, un des intellectuels les plus influents du monde et un des premiers fondateurs du christianisme, attribuait également tous les pouvoirs à l'amour.

Vous avez sans doute entendu parler du célèbre essai sur l'amour de l'auteur Henry Drummond, dans lequel il relate l'épître de saint Paul aux Corinthiens (I Corinthiens 13). Dans son essai, monsieur Drummond décrit l'amour comme «le cadeau suprême», «le bien suprême». Il dit:

> «Le but ultime de la religion (...) n'est pas la dévotion, mais l'amour. (...) Vous constaterez en tournant votre regard sur votre passé que les moments qui ressortent le plus, les moments où vous avez vécu le plus intensément, sont ceux où vous réalisiez des choses dans un esprit d'amour.»

Henry Drummond décrit ensuite les différents aspects de l'amour mentionnés dans l'épître de Paul, comme la patience, la bonté, la générosité, l'humilité, la courtoisie, l'altruisme, la sérénité, l'innocence et la sincérité. Il raconte comment un homme avait lu les écrits de Paul sur l'amour une fois par semaine pendant trois mois, et comment cette lecture avait changé le cours de sa vie.

L'amour personnel et impersonnel

Lorsque vous et moi pensons à l'amour, peut-être utilisons-nous le même genre de description que saint Paul. Nous pouvons exprimer ces qualités en termes d'amour personnel et d'amour impersonnel. L'amour personnel peut référer à la bonté, à la tendresse, à la courtoisie, à l'affection, à l'approbation, à la considération, à l'appréciation, au dévouement envers les membres de notre famille. L'amour impersonnel consiste essentiellement en la capacité de bien s'entendre avec les gens, sans attachement personnel ni engagement émotif. *« J'aime tout le monde, et tout le monde m'aime, sans attachement »* est une affirmation fort intéressante pour développer une conscience empreinte d'amour impersonnel et de bonne volonté à l'égard de nos collègues de travail et de toutes les personnes avec lesquelles nous interagissons dans notre quotidien.

L'amour résout les problèmes personnels et professionnels

Je connais un groupe de gens qui firent un jour l'expérience du pouvoir de l'amour au cours d'une prière de groupe et constatèrent qu'il s'agissait de la plus merveilleuse chose du monde pour résoudre autant les problèmes personnels que professionnels.

Ces gens se rencontraient une fois par semaine pendant une heure et invoquaient l'amour divin. Ils apportaient avec eux une liste personnelle comprenant les noms de personnes et des exemples de situations qu'ils souhaitaient voir touchées par le pouvoir de l'amour. Personne d'autre ne connaissait le contenu de leurs listes, et ils ne parlaient à quiconque des gens et des problèmes auxquels leurs listes de prières faisaient référence.

Ils plaçaient plutôt calmement leurs mains sur leurs listes individuelles pendant qu'ils invoquaient l'amour divin à l'aide d'affirmations diverses. *« L'amour divin fait parfaitement son œuvre en moi et à travers moi en ce moment même »*, proclamaient-ils pour eux-mêmes, pour leurs propres santé, richesse et bonheur ; *« L'amour divin fait parfaitement son œuvre en vous et à travers vous en ce moment même »*, affirmaient-ils pour les personnes apparaissant sur leurs listes.

Pendant plusieurs semaines, ils se rencontrèrent pour entonner sans relâche des paroles d'amour. Tranquillement, d'incroyables choses se mirent à se produire dans la vie des membres du groupe et des personnes pour lesquelles ils priaient. Une forme d'antagonisme régnait entre une femme d'affaires et certains de ses amis. Lorsqu'elle se mit à répéter des affirmations d'amour, ses amis commencèrent soudainement à se joindre aux réunions du groupe de prière, et une réconciliation s'ensuivit rapidement.

Une autre femme d'affaires était perturbée depuis un bon moment en raison d'une mésentente survenue plusieurs mois auparavant entre des amis et elle. Elle se confondait en excuses et avait tenté par tous les moyens de rétablir un climat d'harmonie et de compréhension, mais n'avait essuyé que de froides rebuffades en dépit de nombreuses lettres, d'appels téléphoniques et de contacts personnels.

Un soir, au cours de la session de prière régulière, alors que le groupe invoquait l'amour divin à l'intention des personnes de leurs listes, une autre femme du groupe et elle entendirent un bruit sec fendre l'air. L'autre femme en fit peu de cas, convaincue que c'était le fruit de son imagination. Mais lorsque la réunion prit fin, la femme d'affaires s'approcha d'elle et lui dit sur un ton de confidence: «Avez-vous entendu le bruit sec? Vous n'avez rien imaginé: c'est réellement arrivé! C'étaient les pensées rigides qui nous séparaient, mes amis et moi. Je suis certaine que ce soir, par l'entremise de nos paroles prononcées tout haut, l'amour divin a dissous les pensées rigides et l'hostilité qui existaient entre nous. Vous avez entendu le pouvoir «dissolvant» de l'amour qui était à l'œuvre pour régler la situation!»

Dès ce soir-là, ses sentiments au sujet de la situation se transformèrent complètement. Elle se sentit en paix et en harmonie avec elle-même. Elle remercia le ciel en silence qu'une compréhension divine se soit établie et que l'amour divin ait contribué à dénouer cette situation de mésentente et d'antipathie.

Quelques semaines plus tard, bien qu'aucun changement extérieur ne se soit produit, elle se sentit poussée à entrer de nouveau en relation avec ses amis. Cette fois, plutôt que de la repousser, ils réagirent comme si aucun malentendu ne les avait séparés. La cordialité, la compréhension et l'amitié d'antan furent rétablies et continuent d'ailleurs de régner encore aujourd'hui.

L'amour réside à l'intérieur de vous

Peut-être n'avez-vous pas accès à un tel groupe de prière. Mais vous pouvez faire, vous-même, l'expérience du pouvoir triomphant de l'amour. Tout l'amour dont vous avez besoin pour guérir, atteindre la prospérité et vivre des relations humaines pleinement satisfaisantes, est à l'intérieur de vous. L'amour divin est l'une de vos facultés mentales et spirituelles innées. Ne le cherchez pas à l'extérieur, il est en vous Vous pouvez le libérer dès maintenant par vos pensées, vos paroles, vos actions et vos affirmations positives. Ainsi, vous découvrirez le pouvoir triomphant de l'amour dans toute sa plénitude au fur et à mesure de son action sur votre entourage et les situations que vous vivrez.

Un sociologue de réputation internationale effectua un jour une recherche sur le pouvoir de l'amour à l'Université de Harvard. Sous sa direction, un groupe de scientifiques étudièrent le sujet de l'amour. Ils découvrirent que l'être humain peut engendrer intentionnellement l'amour, comme toute autre bonne chose. Ils affirmèrent qu'il serait insensé que nous n'apprenions pas à générer l'amour comme n'importe quelle autre force naturelle.

Il n'y a donc aucune raison pour que vous vous sentiez désillusionné ou désappointé si l'amour semble vous avoir laissé tomber ou s'il est passé sans s'arrêter. Ceux qui déclarent amèrement que leur vie est dépourvue d'amour commettent l'erreur de se tourner vers quelqu'un ou quelque chose à l'extérieur d'eux-mêmes pour le trouver. Comprenez dès maintenant que l'amour est d'abord *en vous* et qu'il peut être libéré par l'entremise de vos pensées, de vos sentiments, de vos paroles et de vos actions. C'est lorsque vous produisez l'amour de l'intérieur vers l'extérieur que votre technique se révèle vraiment spirituelle, scientifique et satisfaisante. Vous n'êtes plus soumis aux gens, aux situations et aux conditions. Vous êtes alors délivré de la douleur, de la peur, du désappointement et de la désillusion.

Comme si une force électrique était créée, l'amour se met à irradier partout autour de vous, dans votre vie. Vous attirez vers vous les meilleures personnes, les meilleures situations, les meilleures conditions pour votre réussite et votre bonheur. Vous réaliserez bientôt qu'au lieu d'être à la merci du monde entier, lorsque vos pensées et vos sentiments génèrent l'amour, le monde qui vous entoure répond gaiement et merveilleusement bien! Tel est le pouvoir triomphant de l'amour qui permet d'accéder au succès.

Le pouvoir de l'amour résout les problèmes conjugaux

Beaucoup de gens découvrent ce pouvoir dans toutes les sphères. Dans le domaine des relations humaines, il est gigantesque. Une femme au foyer racontait qu'après une dispute, son mari avait abruptement quitté la maison. Ayant appris qu'elle pouvait générer l'amour de l'intérieur vers l'extérieur, cette femme décida de l'expérimenter dans sa situation matrimoniale houleuse. Silencieusement, elle commença à répéter encore et encore: «*J'invoque l'amour divin pour rétablir mon mariage maintenant. J'invoque l'amour divin pour redresser et régler la situation.*»

Peu de temps après, un sentiment de paix l'envahit et elle commença à préparer activement le repas pour son mari dans l'espoir qu'il viendrait y faire honneur. (Après leurs précédentes querelles, cela n'avait pas toujours été le cas). Elle entendit bientôt la porte s'ouvrir, et son mari entra dans la maison, de bonne humeur, avec une boîte de bonbons à son intention. Leurs disputes se firent moins fréquentes et moins graves, et à la longue leur mariage se trouva complètement rétabli dans un climat d'harmonie.

Une femme d'affaires décrit une expérience similaire concernant le pouvoir de l'amour dans son mariage qui battait de l'aile depuis un bon moment. De nombreuses disputes, des querelles, des tensions et des conflits continuels couvaient. Un soir où la confrontation avait été particulièrement désagréable, la femme pensa: «On ne peut pas continuer ainsi. Cela est en train de ruiner notre santé, nos affaires et notre mariage. Il existe sûrement une issue.»

Elle se mit en quête de lire quelque chose pour lui procurer un sentiment de paix et d'espoir, et elle trouva ces mots: «*L'amour dissipe les situations qui semblent impossibles.*» Elle répétait sans cesse: «*Oui, c'est vrai. L'amour dissipe les situations qui semblent impossibles.*»

Auparavant, leur réconciliation après chaque dispute n'advenait que lentement et difficilement.

Mais comme elle ne cessait de répéter ces paroles d'amour, l'hostilité et l'incompréhension disparurent presque sur-le-champ. Ce fut la dernière dispute amère au sein de ce couple. Depuis, chaque fois que leur mariage menace de sombrer, elle répète promptement l'affirmation: *«L'amour dissipe les situations qui semblent impossibles»*, ce qui a toujours pour effet de détendre l'atmosphère et de rétablir l'harmonie.

Les expériences de l'auteure avec l'amour dans les questions d'ordre familial

Nourrissez-vous encore des doutes sur le pouvoir de vos pensées et de vos paroles d'invocation à l'amour divin dans votre vie et vos affaires? J'ai vécu moi-même une expérience familiale bien banale qui me convainquit que nos pensées empreintes d'amour atteignent notre entourage plus rapidement et plus pleinement que nous le croyons parfois. Par une chaude journée de printemps, j'étais dans mon bureau, où j'essayais de terminer un article sur l'amour, lorsque mon fils adolescent entra. Il avait joué au golf toute la journée et il était affamé.

Lorsque je lui expliquai que je terminerais mon article sous peu, il sortit doucement de la pièce. Peu de temps après, je crus entendre la porte du bureau s'ouvrir, mais je ne me retournai pas pour vérifier. Le silence régnait. Quelques minutes plus tard, mon travail terminé, je constatai que mon fils était revenu en effet sans faire de bruit et qu'il avait déposé sur mon bureau deux roses rouges cueillies dans le jardin. Il avait quitté la pièce sans prononcer un mot pour m'attendre patiemment à l'extérieur. Il ignorait que je travaillais sur un article sur l'amour. Jamais il ne m'avait apporté de fleurs auparavant, mais à ce moment-là il semble qu'il ait été en harmonie avec les notions que je préconisais dans mon article et qu'il y ait répondu avec amour.

À une autre occasion, il me fit une démonstration du pouvoir de l'amour sur le succès. Un beau matin, il partit pour l'école de bien mauvaise humeur. Toute la journée, je fus habitée par ce souvenir et je me sentais mal à l'aise du fait qu'il ait commencé sa journée dans un tel état d'âme. Je me disais que j'aurais pu faire ou dire quelque chose pour renverser le cours de ses pensées matinales. Toute la journée, chaque fois que l'incident surgissait dans mon esprit, je répétais: «*L'amour divin réalise parfaitement son œuvre dans cette situation maintenant.*»

Lorsqu'il arriva de l'école cet après-midi-là, il entra dans la maison, rangea ses livres et m'aborda avec ces mots: «Salut, ma très belle maman!» À ma souvenance, il ne m'avait jamais accosté ainsi; sans l'ombre d'un doute, l'amour avait réellement fait son œuvre cette journée-là!

La mission de l'amour

Lorsque vous vous demandez si vos pensées et vos paroles d'amour réussiront à résoudre divers problèmes, rappelez-vous que les pensées et les paroles empreintes d'amour semblent être chargées d'un pouvoir susceptible d'engendrer le bien. En effet, c'est la mission de l'amour, qu'il soit personnel ou impersonnel, de répandre le bien éternel. Votre rôle n'est pas de vous interroger sur le fonctionnement de l'amour, mais simplement d'oser commencer à le libérer à partir de vous. Vous obtiendrez ainsi toujours des résultats intéressants et satisfaisants.

L'amour peut promouvoir la santé

Un médecin me montra un jour un ouvrage sur les maladies psychosomatiques qui contenait le résultat des recherches effectuées par un groupe de physiciens sur diverses affections et sur les attitudes mentales et émotionnelles qu'ils soupçonnaient d'être à leur origine. Je fus étonnée de voir que chaque analyse référait au besoin d'amour.

Par exemple, dans le cas des troubles gastriques de toutes sortes, une des causes psychosomatiques de cette maladie est le besoin d'amour. On attribue également au besoin d'amour les maladies cardiaques.

Dans le cas des affections cutanées, une des causes est le besoin d'approbation, une forme d'amour. (Une patiente avait affirmé que lorsqu'elle fut atteinte d'une affection cutanée elle avait adopté une pratique quotidienne qui consistait à placer ses mains sur son visage et à affirmer: «*L'amour divin est en train de te guérir maintenant*». Sa maladie était disparue en peu de temps).

Une des causes des désordres typiquement féminins est très souvent le besoin d'amour. La dépression, l'insécurité et le besoin d'amour sont mentionnés parmi les causes psychosomatiques de la fatigue chronique.

Pour ce qui est du mal de tête commun et de la migraine, on mentionne l'insécurité et le besoin d'amour. Dans le cas d'un excès de poids et de la compulsion alimentaire, il s'agit du sentiment d'insatisfaction face à la vie et du besoin d'amour. L'alcoolisme et les autres comportements excessifs trouvent leur cause dans le sentiment d'infériorité et le besoin d'amour.

Ce qu'il y a de merveilleux lorsque le besoin d'amour est présent, c'est qu'on peut produire cet amour à partir de soi. Un homme d'affaires m'a raconté qu'il s'est rétabli d'un mal très souffrant qui le tenaillait depuis longtemps après s'être mis à libérer l'amour de l'intérieur de lui, en inondant son corps de paroles d'amour. Il avait essayé divers traitements sans succès, puis avait entendu parler du pouvoir de guérison de l'amour. Il se mit à placer sa main à l'endroit douloureux de son corps, répétant sans cesse:«*Je t'aime*». La douleur s'estompa et finit par disparaître.

Dans ce même ouvrage, le cancer est décrit comme une maladie de l'anxiété. Les histoires affectives d'un grand pourcentage des gens atteints de cancer montrent que, pendant une certaine période de leur vie, ils se sont sentis anxieux, inquiets ou mal aimés. Ils ont inconsciemment intériorisé ce sentiment qui s'est souvent transformé en amertume, un état d'esprit critique, et qui a peut-être même généré de l'hostilité et de la haine.

Un expert en la matière affirmait que 62 % de ses patients cancéreux racontaient des histoires de perte, d'immense peine, de dépression et de désespoir à l'origine de leur condition physique. Déjà, en 1925, une analyste déclarait qu'après avoir étudié des centaines de cas de cancer, elle avait découvert que la plupart des patients avaient vécu une importante crise émotionnelle avant de développer la maladie et qu'ils avaient été incapables de trouver un exutoire efficace à leurs sentiments profonds et à leurs émotions.

L'amour guérit le caractère désagréable d'un employeur

Dans le domaine de la prospérité, le pouvoir de l'amour en tant que «bonnes grâces» impersonnelles est tout aussi gigantesque. On estime que seulement 15 % du succès financier d'une personne peut être attribué à ses habiletés techniques, alors que 85 % résulte de sa capacité de s'entendre avec les gens. Les directeurs du personnel se montrent d'accord avec la thèse selon laquelle plus des deux tiers des gens perdent leur emploi non à cause de leur incompétence mais parce qu'ils ne s'entendent pas avec leurs collègues. Environ 10 % sont congédiés en raison d'une formation inadéquate par rapport aux compétences requises, alors que 90 % des congédiements sont attribuables à des problèmes de personnalité.

Une secrétaire constata que pour conserver son emploi intéressant et bien rémunéré, elle devait apprendre à vivre avec la mauvaise humeur matinale de son patron. Elle entendit parler du pouvoir triomphant de l'amour et se mit à utiliser une des déclarations d'Emmet Fox: «*Tous les hommes sont l'expression de l'amour divin; ainsi, je ne peux que rencontrer l'expression de l'amour divin.*»

Le fait de commencer sa journée avec cette affirmation lui permit de créer une atmosphère calme dans le bureau avant l'arrivée de son supérieur. Lorsqu'il l'appelait pour lui dicter quelque chose, l'amour divin faisait parfaitement son œuvre sur son état d'esprit. Avec le temps, son caractère difficile et son humeur maussade matinale firent place à une bonne disposition générale. La secrétaire jugea alors que son emploi lui donnait maintenant pleinement satisfaction puisque l'humeur de son patron était l'unique aspect défavorable et inquiétant de son travail.

L'amour fait prospérer un vendeur

Une attitude empreinte d'amour est également profitable financièrement. Un vendeur itinérant lourdement endetté tenta d'obtenir un prêt bancaire pour régler ses dettes. Mais comme il n'avait aucune garantie à offrir, sa demande lui fut refusée. Il commença à déclarer: «*L'amour divin me fait prospérer maintenant.*» Quelques jours plus tard, il conclut une vente importante et fut en mesure non seulement de rembourser ses dettes mais de disposer d'un surplus d'argent.

Comment l'amour apporta la prospérité au beau milieu d'une récession

Il y a quelques années, durant une récession et par un temps glacial, l'entreprise pour laquelle je travaillais était aux prises avec des difficultés financières. Les membres du conseil d'administration étaient déprimés en raison du mauvais temps qui semblait nuire à la prospérité de l'entreprise. Ils se sentaient également abattus à cause des conditions économiques générales. La situation semblait sans issue jusqu'au moment où plusieurs employés décidèrent d'invoquer le pouvoir de l'amour à heure fixe. Chaque personne faisait des invocations pour elle-même et pour sa propre inspiration: «*Je suis l'expression de l'amour divin; je permets à l'amour divin de me guider, de me diriger et de m'inspirer.*» Les déclarations pour la prospérité de l'entreprise étaient les suivantes: «*L'amour de Dieu à l'intérieur de nous appelle de nouvelles idées, un nouveau courage et une production quotidienne concrète. L'amour de Dieu à l'intérieur de nous appelle de nouvelles idées, un nouveau courage et une production quotidienne concrète.*»

L'atmosphère de dépression et de désespoir au sujet de la situation de l'entreprise sembla se détendre. Les constantes prières remontèrent le moral de toutes les personnes concernées. De nouvelles idées et un nouveau courage entraînèrent une production quotidienne concrète. En quelques semaines, la crise financière prit fin, et cette année-là fut une des plus prospères de l'entreprise!

Un chiropraticien qui faisait face à un défi financier similaire chercha à comprendre comment cette entreprise avait réussi à retrouver pied financièrement au beau milieu d'une récession économique et d'une température exécrable. On lui enseigna les prières d'affirmations positives, et les résultats financiers furent si satisfaisants qu'il se procura un millier de copies de ces prières, qu'il distribua à ses patients chaque fois que ces derniers parlaient de leurs propres difficultés financières. Ainsi, dans cette région, le pouvoir triomphant de l'amour prouva qu'il pouvait agir sur de nombreuses personnes cet hiver-là.

Comment réussir grâce à l'amour

Il y a bien des années, Emma Curtis Hopkins donna quelques conseils financiers dans ce sens lorsqu'elle écrivit: «Regardez votre entreprise telle qu'elle est, et rendez grâce à l'amour divin du fait qu'il existe une solution judicieuse et puissante à votre dilemme.» Lorsqu'un tel besoin se fait sentir, utilisez l'affirmation suivante: *«Je rends grâce à l'amour divin du fait qu'il existe une solution judicieuse et puissante à ce dilemme.»*

À toutes les étapes de la vie, l'amour a le pouvoir d'engendrer le succès. De nombreuses personnes en quête d'une existence équilibrée trouvent cette prière utile: *«L'amour divin, qui s'exprime à travers moi, attire maintenant vers moi tout ce dont j'ai besoin pour être heureux et remplir ma vie.»*

Peu importe votre besoin, l'amour est la solution. Vous n'avez pas à vous tourner vers l'extérieur pour l'obtenir. Commencez à le libérer à partir de vos propres pensées et sentiments, et vous attirerez vers vous toutes les personnes, les situations et les conditions nécessaires à votre bien suprême. Vraiment, *«vous évoluez dans le cercle enchanteur de l'amour divin, et vous êtes divinement irrésistible à votre bien suprême maintenant»*. Tel est le pouvoir triomphant de l'amour.

Chapitre

2

Emprunter le chemin de l'amour pour réussir

Ne sommes-nous pas souvent portés à lutter pour nous frayer un chemin, ne rencontrant que déception, douleur et échec à tout instant, alors qu'il serait beaucoup plus facile d'emprunter le chemin de l'amour, récoltant le succès à chacun de nos pas!

Emmet Fox écrivait un jour: «Il n'existe aucune difficulté qu'un peu d'amour ne peut surmonter.»

Je me souviens d'un problème que j'avais tenté de régler par tous les moyens possibles (c'est du moins ce que je croyais). Mais c'était malgré tout comme si je me heurtais à un mur de pierre.

Puisque d'autres personnes étaient concernées, j'en vins à la conclusion que je ne pourrais rien faire tant qu'elles ne passeraient pas à l'action. La situation était particulièrement frustrante puisque le prochain geste devait venir de quelqu'un d'autre. Je m'étais donné beaucoup de peine pour tenter de faire bouger ces gens, mais sans résultat aucun. Il ne semblait y avoir aucune issue jusqu'au jour où j'ai lu les paroles d'Emma Curtis Hopkins:

> «Tout est totalement rempli d'amour pour vous. (...) Le bien qui vous revient vous aime autant que vous l'aimez. Le bien qui vous revient vous cherche et se projettera sur vous si vous reconnaissez que ce que vous aimez est l'amour lui-même. Tous changeront lorsque vous comprendrez qu'ils sont une incarnation de l'amour. Nous modifierons notre attitude envers tout le monde lorsque nous comprendrons que nous-mêmes sommes faits à l'image de l'amour. Tout est amour. L'Univers ne contient rien d'autre que l'amour.»

Quand je pris connaissance de ces mots, je sentis vraiment que quelque chose de rigide s'était brisé en moi dans la région du cœur; puis cette dureté sembla se dissiper, et je pus respirer plus librement.

Il est vrai qu'un mur de pierre était érigé dans cette situation, c'est d'ailleurs ce que j'avais senti. Mais ce mur n'était pas une structure physique extérieure qui me dominait. Le mur de pierre était en réalité à l'intérieur de moi, sous la forme des pensées rigides que je nourrissais à l'égard de la situation. Ce fut une révélation, une surprise et finalement un soulagement de constater que l'obstacle, qui maintenait la situation dans un état de stagnation, n'était nul autre que mes propres pensées empreintes de rigidité.

Je me mis à faire les déclarations suivantes: «*Tout est vraiment rempli d'amour pour moi, incluant ces personnes. Le bien qui me revient dans cette situation m'aime, tout comme je l'aime. Le bien qui me revient dans cette affaire me cherche maintenant et se projette sur moi plus je regarde la situation avec amour.»*

Quelques jours passèrent, puis j'entendis soudain parler des gens concernés même si j'étais sans nouvelles d'eux depuis des mois. Leur lettre était plutôt cordiale, et ils précisaient qu'ils régleraient l'affaire qui m'intéressait sur-le-champ. Maintenant, chaque fois que j'ai des rapports professionnels avec cette entreprise, ils me répondent avec courtoisie et dans les plus brefs délais. Dès lors, plus de retard ni de mésentente.

Vous pouvez traverser toute situation problématique par le chemin de l'amour en affirmant: *«Cette personne et cette situation sont vraiment remplies d'amour pour moi, et je suis rempli d'amour à leur égard. Je rends grâce à l'amour divin dans cette affaire maintenant. Je regarde cette situation avec amour.»*

L'auteure fait de l'amour son arme secrète pour réussir

Il y a plusieurs années, je vécus une autre expérience qui me prouva que l'amour n'a rien d'une faiblesse; que l'on peut remporter davantage de victoires grâce à l'amour qu'avec ses poings ou des armes; que l'amour est l'arme secrète qui nous permet d'obtenir des résultats positifs.

Un poste de directrice au sein d'un organisme à but non lucratif me fut offert un jour. Cet emploi n'était pas tellement prisé car il y régnait beaucoup de disharmonie. Aux nombreuses rancunes accumulées s'ajoutaient des pertes financières. Pour une première affectation dans un nouveau domaine, je n'avais pas vraiment de raisons de me réjouir. Ma formation était adéquate pour la tâche, mais je n'avais aucune expérience. Le poste ne semblait nullement convenir à une personne inexpérimentée, mais c'était cela ou rien pour alors. Je l'acceptai donc à contrecœur.

Dès la première rencontre avec les membres du conseil d'administration de l'organisme, la situation ne me sembla guère prometteuse. Deux membres s'opposaient à mon embauche, soutenant que j'étais trop jeune et trop inexpérimentée pour pouvoir redresser les choses. En mon for intérieur, je partageais leur point de vue de tout cœur. Mais les autres membres précisèrent que j'étais la nouvelle directrice, que ma formation était pertinente, que le siège social m'avait assigné ce poste et qu'ils avaient l'intention de travailler avec moi pour rétablir la situation peu importe la voie que j'entendais emprunter.

Lorsque je me mis à chercher conseil dans la prière au sujet de ce travail qui représentait un défi de taille, il m'apparut que l'amour divin pouvait me servir d'arme secrète, que l'amour pouvait remporter la victoire dans cette situation et produire des résultats positifs d'harmonie et de prospérité au sein de cet organisme.

Lorsque j'exprimai mes pensées lors de la première réunion du conseil, ma conception à propos de l'amour divin ne réussit qu'à susciter les moqueries des deux membres dissidents qui ridiculisèrent ce «banal» pouvoir de l'amour comme moyen de résoudre quoi que ce soit. Ils me «rabrouèrent» pour avoir osé faire cette suggestion, puis ils se résignèrent. Ce fut la première intervention de l'amour pour chasser le manque d'harmonie.

Au cours d'un entretien privé, le président du conseil d'administration me donna raison sur le fait que la foi en l'amour divin n'avait rien d'une faiblesse, que l'amour divin pouvait remporter la victoire. Il croyait tellement au pouvoir triomphant de l'amour pour redresser les choses, ce pouvoir qui rétablit l'harmonie et apporte la prospérité, qu'il accepta de m'accorder une heure chaque matin pour discuter des diverses questions concernant l'organisme et pour invoquer les résultats parfaits de l'amour divin.

Voici les affirmations que nous utilisions au cours de nos rencontres quotidiennes: *«L'amour divin fait parfaitement son œuvre ici et maintenant. L'amour divin harmonise, l'amour divin règle les choses, l'amour divin fait prospérer. L'amour divin prévoit tout et procure abondamment tous les bienfaits à cet organisme maintenant. L'amour divin est maintenant victorieux!»*

Les résultats de ces réunions journalières furent incroyables. À mesure que nous imprégnions cette situation perturbée de paroles empreintes d'amour divin, ce fut comme si nous y appliquions un baume guérisseur. Les attitudes et les actions se firent calmes, pacifiques, harmonieuses et coopératives. Ce fut bientôt comme si l'entreprise n'avait jamais vécu de difficultés. La paix et l'harmonie régnaient dans toutes ses activités.

Comme nous poursuivions avec nos affirmations quotidiennes, de nouvelles gens, de nouvelles activités, une nouvelle prospérité se répandirent dans cet organisme. Les revenus financiers doublèrent rapidement. Des cadeaux arrivèrent, incluant de la peinture fraîche et des peintres complaisants qui se proposèrent pour l'appliquer gratuitement sur l'édifice. De nouveaux rideaux, de nouveaux meubles ravissants, des climatiseurs, un système de diffusion par haut-parleurs, ainsi que d'autres types d'équipements, nous furent offerts. En quelques mois, l'édifice entier qu'occupait l'organisme fut joliment redécoré.

L'organisme s'engagea dans une ère nouvelle de croissance, de progrès, de prospérité. Bientôt, plus personne ne parla ni ne se préoccupa des anciens problèmes ; tout était si merveilleux dans l'instant présent. Bien que je ne sois plus associée à cet organisme, il continue de croître et de prospérer au fil des années. L'amour divin a relevé mon défi et l'a résolu ; il continue de faire parfaitement son œuvre au sein de ce groupe.

Le pouvoir de l'amour pour résoudre les problèmes

Une femme au foyer décida de faire de l'amour une arme secrète pour régler une situation pénible. Depuis des mois, elle déblatérait contre son fainéant de mari, un mineur qui partait chaque printemps pour chercher un emploi dans les mines d'or et d'argent. Après son départ, elle restait habituellement sans nouvelles jusque vers la fin de l'automne, moment où il rentrait à la maison pour traîner les pieds tout l'hiver.

Pendant les longs mois d'été, elle quittait la maison pour travailler comme serveuse. Elle se débattait tant bien que mal pour se nourrir, se vêtir et payer les factures. Elle envisageait de divorcer parce que sa vie avec son mari ne semblait être qu'une interminable lutte pour survivre.

C'est à ce moment qu'elle entendit parler du pouvoir de l'amour pour résoudre les problèmes. Au lieu de continuer de s'appesantir sur les défauts de son mari, elle commença à proclamer que l'amour divin faisait parfaitement son œuvre dans son mariage, ses affaires financières et les perspectives d'emploi de son mari. Des bienfaits survinrent.

Son mari lui écrivit qu'il avait obtenu un emploi dans une mine d'argent et qu'il lui enverrait régulièrement de l'argent dès sa première paie. C'était presque un miracle puisque jamais auparavant il ne lui en avait envoyé. Même s'il ne lui avait jamais écrit par le passé, il lui envoyait maintenant régulièrement de longues lettres affectueuses, en mentionnant même son désir de mener une vie agréable avec elle.

À la fin de la saison minière estivale, il lui annonça qu'il s'était trouvé du travail pour toute la durée de l'hiver. C'était assez inusité parce que ce genre d'emploi avait toujours été saisonnier. Comme sa femme continuait d'invoquer l'œuvre parfaite de l'amour divin, l'harmonie se rétablit complètement au sein de leur mariage, les dettes de longue date furent enfin réglées. Le mari se lança même en affaires en démarrant sa propre entreprise minière. Il aida sa femme à lancer sa propre affaire, qu'elle gère lorsqu'il s'absente pour aller travailler dans les mines. Il s'agit d'une entreprise dans laquelle ils travaillent tous deux lorsqu'il n'a pas d'autre occupation.

Comme il est courant de voir des gens se priver des bienfaits, de la quiétude d'un mariage heureux et d'une vie agréable parce qu'ils se sont enlisés dans la condamnation et la critique, au lieu de relever les défis en empruntant le chemin de l'amour! N'est-il pourtant pas plus facile de choisir de prendre le chemin de l'amour pour régler un problème plutôt que celui de la lutte?

La critique peut produire des résultats négatifs

Les résultats inutiles dépourvus d'amour que les gens s'attirent par la critique (l'opposée de l'amour) rappellent l'histoire d'un jeune artiste qui avait le génie (croyait-il) de détecter les défauts et les faiblesses chez les gens. Il se vantait de pouvoir déceler les traits les plus vils de leur caractère. Une nuit, ce jeune homme fit un rêve dans lequel il se voyait marcher dans une rue déserte, avançant péniblement sous un lourd fardeau.

Dans son rêve, il criait faiblement: «Qu'est-ce que ce fardeau que je transporte? Pourquoi dois-je le porter? Pourquoi suis-je si chargé?» Une voix lui répondit: «Ce fardeau est le poids de toutes les fautes que tu as trouvées chez les gens. Pourquoi te plains-tu? C'est toi qui les as découvertes. N'est-il donc pas juste qu'elles t'appartiennent?»

Décrire le mal en décuple l'apparence. Peu importe le mal que vous voyez chez les autres, vous l'invitez dans votre propre vie sous la forme d'une quelconque négation. Lorsque vous dénigrez quelqu'un avec vos critiques et votre condamnation, vous ouvrez la voie pour que votre propre esprit, votre propre corps ou vos propres affaires soient «écrasés» par la maladie, le malheur, la confusion ou les pertes financières.

Un groupe d'employés quittèrent une entreprise parce qu'ils n'aimaient pas le nouveau directeur. Puis ils continuèrent à le déprécier et à le condamner même s'ils n'étaient plus associés à l'entreprise. Comme ils persistaient dans leurs jugements négatifs, un des anciens employés fut victime d'une crise cardiaque et mourut dans les mois qui suivirent. Un autre lança sa propre affaire et essuya vite un échec. Il démarra plus tard plusieurs autres entreprises, sans succès. Il s'aliéna également plusieurs membres de sa famille.

D'autres anciens employés de l'entreprise qui demeurèrent critiques furent confrontés à des expériences destructives similaires. Une femme d'affaires eut une attaque d'apoplexie et se retrouva paralysée; elle mourut cette même année. Elle avait pourtant pu jouir d'une vie active et d'une bonne santé pendant de nombreuses années. Une autre personne fut victime d'arthrite et ne put bientôt se déplacer qu'à l'aide de béquilles. Une autre personne encore attrapa plusieurs pneumonies et dut fréquemment être hospitalisée. La souffrance physique fut également accompagnée de lourds frais financiers et d'autres problèmes professionnels. Ces gens devenaient eux-mêmes les cibles des critiques injustes qu'ils avaient dirigées contre autrui.

Quant au directeur, il ignora les propos d'anti-chambre qui allaient bon train à son sujet, parce qu'il les savait sans pouvoir sur lui; son entreprise et lui continuèrent de prospérer.

Comment se servir des initiations à l'amour

Les anciens connaissaient un autre secret me-nant au succès qu'il importe de connaître: Décrire le bien décuple le bien! May Rowland dans son livre *Dare to Believe!* décrit comment vous pouvez multi-plier le bien dans votre vie:

> «Si vous n'arrivez pas à attirer le bien que vous désirez dans votre vie, apprenez à répandre l'amour; devenez un centre rayonnant d'amour; et vous découvrirez que l'amour, l'aimant divin à l'intérieur de vous, transformera entièrement votre monde. (...) Lorsque votre cœur sera rem-pli d'amour, vous ne serez ni critique ni irritable, mais divinement irrésistible.»

Florence Scovel Shinn écrit: «Tout homme sur cette planète traverse son initiation à l'amour.» Peu importe la nature de votre problème, il s'agit d'une épreuve initiatique. Si vous surmontez cette épreuve avec amour, vous résoudrez votre problème. Sinon, votre problème persistera jusqu'à ce que vous pas-siez l'épreuve! Votre problème est une initiation à l'amour.

Une femme d'affaires raconte comment elle fut initiée à l'amour:

«J'ai vécu récemment une période où je sentais que je ne pouvais plus continuer. Mon mari était sur le bord de l'épuisement nerveux et en pleine dépression. Notre fils aîné de 19 ans devait se débrouiller tout seul pour continuer ses études collégiales puisqu'il ne pouvait compter sur aucune aide financière de notre part. Notre deuxième fils, un enfant de 12 ans émotionnellement perturbé, était sous traitement depuis plusieurs années. À certaines périodes, il devenait très colérique, à la limite de la violence. Notre fille de 11 ans commençait à réagir à toutes ces perturbations avec des accès de colère et des périodes de bouderie et semblait incapable de bien s'entendre avec ses amies ou ses professeurs. Je faisais des infections rénales à répétition. N'ayant plus qu'un seul rein, vous pouvez certainement comprendre mon inquiétude lorsque mon médecin m'a conseillé de faire très attention.

Après avoir lu un article sur le pouvoir de l'amour divin pour améliorer sa personnalité, pour rétablir des situations, des événements et même sa santé, je me suis acheté un cahier et un stylo. Chaque fois que je commençais à m'inquiéter, à me sentir malade ou à avoir peur, je m'assoyais confortablement pour me détendre j'écrivais le nom des membres de ma famille ou la situation qui m'inquiétait, ainsi qu'une déclaration d'amour à ce sujet. Pour mon mari, mes enfants et moi-même, j'écrivais souvent encore et encore: *Je te regarde avec les yeux de l'amour et je me glorifie de ta perfection.*

Les résultats furent à peine croyables! Mon mari se trouvait dans une impasse lorsque j'ai commencé à faire appel au pouvoir de l'amour pour régler nos affaires il y a six semaines. Il a récemment pris un bain, le premier depuis des semaines; il s'est fait couper les cheveux et s'est trouvé du travail par lui-même sans que j'aie à le talonner. Mon fils qui était au collège a reçu un remboursement de 100 $. Il s'est également trouvé un emploi et dirige une ligue de baseball, ce qui lui permet de poursuivre ses cours. Notre cadet n'a pas eu de comportement violent depuis plusieurs semaines. Son état s'est grandement amélioré. Notre fille s'entend mieux avec ses camarades et ses professeurs. Mon infection rénale s'est complètement résorbée, et j'ai commencé un traitement pour me refaire une santé. J'ai trouvé un emploi à temps partiel. Vous voyez pourquoi je suis si reconnaissante d'avoir découvert le pouvoir de l'amour pour résoudre les problèmes!»

Invoquez l'amour pour résoudre toutes vos difficultés

Charles Fillmore écrit:

«Plus nous parlons de l'amour, plus il se renforce dans la conscience, et si nous persistons à avoir des pensées d'amour et à prononcer des paroles d'amour, nous pouvons être sûrs que nos vies se rempliront de cet immense sentiment d'amour indescriptible — il s'agit de l'amour de Dieu. (...)

Vous pouvez faire confiance à l'amour pour vous sortir de vos difficultés. Il n'y a rien à son épreuve si vous mettez toute votre confiance en lui.»

L'amour travaille de diverses manières pour produire les bons résultats lorsqu'il est reconnu et invoqué dans une situation. Si vous persévérez à chercher davantage comment emprunter le chemin de l'amour plutôt que celui de la lutte, l'amour vous révélera ses pouvoirs secrets qui permettent d'accéder au succès. Lancez-vous dans la grande aventure de l'amour et déclarez souvent sur votre chemin: «*Je vis en respectant la loi de l'amour, et l'amour est maintenant victorieux.*» Cette seule pensée peut mener à bien des victoires dans votre vie.

3

L'amour active le pouvoir de guérison

Une partie de la saison printanière est consacrée à l'observance du carême, que l'on considère généralement comme une période de prière et de jeûne, symbolisant un temps de préparation pour la résurrection d'une nouvelle vie et de la beauté dans sa vie personnelle.

Cessons d'avoir recours à la crucifixion et engageons-nous sur la voie de la résurrection durant la période du carême et tout au long de l'année! Nous pouvons le faire par le biais du pouvoir de guérison de l'amour.

Vous devez vous arracher aux souvenirs négatifs du passé: les rancunes, les critiques, les sentiments de dépit et d'injustice, et toutes les autres blessures. Il existe des moyens simples et précis pour répandre sur vos souvenirs négatifs les bienfaits du pouvoir de guérison de l'amour afin de vous en libérer à jamais. À mesure que vous vous libérez, vous cessez de crucifier votre prochain et vous-même, et vous êtes enfin prêt à recueillir le bien ressuscité.

Une femme d'affaires en France rapporte:

«Ma tante répond enfin aux ondes d'amour divin que j'irradiais vers elle. Elle m'appelle maintenant sa nièce bien-aimée. Nous entretenions une relation très négative que l'amour divin a maintenant redressée!»

Les aspects particuliers de l'amour: le pardon et la libération

Il existe deux manières particulières qui permettent de nous libérer de nos attitudes négatives et de nous mettre à l'unisson avec le pouvoir de guérison de l'amour qui nous unifie, corps, esprit et vie personnelle. Il s'agit de l'acte de libération et de celui du pardon. Vous êtes peut-être surpris d'entendre que la libération et le pardon font partie de l'amour. Pourtant, lorsque vous constaterez que les autres aspects de l'amour n'ont pas réussi à guérir une situation trouble de votre vie, vous découvrirez que c'est parce que vous n'avez pas invoqué les aspect particuliers de l'amour que sont la libération et le pardon. Quand vous le ferez, des résultats satisfaisants se produiront inévitablement.

Kahlil Gibran décrivait peut-être ces deux importants aspects de l'amour lorsqu'il écrivit: «Parlez-nous de l'amour. (...) De même qu'il [l'amour] est pour votre croissance il est aussi pour votre élagage (...) ne pensez pas que vous pouvez guider le cours de l'amour, car l'amour, s'il vous trouve dignes, dirigera votre cours.»

N'avons-nous pas entendu dire que l'amour était rempli de splendeurs? Souvent, pourtant, lorsque le pouvoir d'élagage de l'amour était à l'œuvre, vous avez peut-être eu l'impression que l'amour était recouvert d'épines. Quand vous êtes prêt à libérer et à pardonner, l'épine se transforme en un résultat splendide et vous découvrez que l'amour peut diriger votre course vers un plus grand bien.

Par la voie de la libération et du pardon, vous brisez, vous éliminez, vous dissipez et vous êtes à jamais délivré de vos attitudes et de vos souvenirs négatifs qui vous ont éloigné de ce qu'il y avait de meilleur et de suprême pour vous dans votre expérience.

De la même manière, l'attitude libératrice du pardon élève votre bien et lui donne vie. Invoquez le pouvoir de guérison de l'amour en libérant les expériences négatives passées et présentes et en leur pardonnant. Vous vous retrouverez directement sur la voie du bien ressuscité.

Pardonner est la loi spirituelle si vous voulez surmonter vos propres difficultés et faire de réels progrès. Les gens sont nombreux à considérer le mot *pardonner* comme négatif, alors qu'il veut simplement dire «délivrer», «libérer», en donnant quelque chose de positif à quelque chose de négatif, en remplaçant quelque chose de négatif par quelque chose de positif.

La libération est une forme de pardon

La libération est une forme de pardon que nous avons tous intérêt à pratiquer souvent. Bien que nous pensions à l'attachement affectif comme étant une des formes d'amour les plus élevées, c'est le contraire qui est vrai. La libération émotionnelle est en réalité la plus haute forme d'amour. L'attachement conduit à l'esclavage, alors que la voie du véritable amour est de libérer ce que vous aimez. Vous ne perdez jamais rien par le biais de la libération. Vous ouvrez plutôt la voie au développement d'une forme plus libre et plus satisfaisante d'amour, où toutes les personnes concernées sont capables de donner et de recevoir de l'amour d'une manière plus harmonieuse.

Peu importe les circonstances, vous ne perdez jamais ce qui est pour votre bien suprême. Lorsque vous semblez avoir perdu une chose, c'est que cette chose n'était plus ce qu'il y a de mieux pour vous. Vous pouvez penser que c'est toujours le cas, mais vous l'avez en fait dépassée, et le pouvoir d'élagage de l'amour vous en a délivré. En réalisant ceci, vous pouvez vous libérer de cette chose inutile et ouvrir votre esprit et votre cœur pour recevoir un nouveau bien encore plus grand.

Libérer autrui signifie vous libérer vous-même. Lorsque vous vous sentez prisonnier des gens, de leurs attitudes, de leur comportement, de leur mode de vie, c'est que vous vous êtes vous-même enchaîné à eux (peut-être inconsciemment). Puis, vous commencez à vous sentir captif et vous vous irritez contre la condition d'esclavage que vous avez vous-même créée! C'est toujours vous qui détenez la clé de votre liberté. Vous tournez la clé pour vous libérer lorsque vous délivrez la personne, le problème, la condition qui semble à vos yeux s'accrocher à vous.

Rappelez-vous que vous êtes le maître des circonstances, jamais l'esclave.

Vous devenez victorieux au lieu de demeurer une victime lorsque vous osez adresser des paroles de libération à la personne ou à l'objet auxquels vous croyez être enchaîné. Vous êtes l'incarnation même de votre propre esclavage. Vous pouvez aussi incarner votre propre libération.

Une femme d'affaires de la Floride écrivait :

«J'étais particulièrement intéressée de lire dans *Le Pouvoir triomphant de l'amour* que lorsque vous êtes dans une situation où vous êtes dominé c'est que *vous* avez posé un geste asservissant, et vous devez pardonner et libérer.

Après avoir lu ceci et avoir pratiqué l'acte de libération, une situation de travail discordante est devenue amicale et agréable. Libérer, pardonner et aimer : ces pratiques de prière d'affirmations positives m'ont comblée au-delà de mes plus grandes espérances !»

Le pouvoir de guérison de la libération

Depuis des mois, une femme au foyer s'inquiétait de l'état de son mari malade. Plus elle essayait de l'aider à se rétablir, plus il semblait s'accrocher à sa maladie, et plus ils étaient tous deux prisonniers de la situation. Un jour, elle entendit parler du pouvoir de guérison de l'amour et se mit à faire les déclarations suivantes à l'intention de son mari : «*Je te libère maintenant pour que tu accèdes à ton bien suprême. Je t'aime mais je te rends à ton entière liberté et à ta propre santé, peu importe ta voie. Je suis libre et tu es libre.»*

Au début, cette femme a tenté d'aider son mari avec diverses affirmations de guérison, il a semblé résister inconsciemment à ses efforts pour hâter son rétablissement. Après avoir entrepris de le libérer pour qu'il recouvre la santé à sa façon, en mettant fin à tout effort mental dirigé vers lui, et après avoir commencé à vivre une vie plus normale, l'état de son mari s'améliora rapidement. Certains de ses anciens symptômes disparurent complètement. C'est ainsi qu'il fit l'expérience du pouvoir de guérison de l'amour à l'œuvre par l'entremise de la libération.

La plupart des problèmes de relations humaines s'évaporeraient si les gens pratiquaient le pouvoir de guérison de la libération, plutôt que d'essayer de mouler les autres selon une certaine image ou d'essayer de les forcer à faire les choses à leur manière.

Il n'existe aucun endroit où l'on a davantage besoin d'exprimer l'amour sous la forme de la libération qu'entre mari et femme ou conjoint et conjointe, et qu'entre parent et enfant. Nous essayons souvent de soumettre les gens à notre volonté, en appelant cela de l'amour, alors qu'il s'agit en fait d'une possessivité égoïste qui emprisonne au lieu de libérer. Nous nous demandons ensuite pourquoi ces êtres nous opposent une résistance au lieu d'accepter notre aide.

Kahlil Gibran décrivait l'attitude libératrice de l'amour au sein du mariage ainsi: «Aimez-vous l'un l'autre, mais ne faites pas de l'amour une entrave(...) qu'il y ait des espaces dans votre communion. (...)

Chantez et dansez ensemble et soyez joyeux, mais demeurez chacun seul (...) tenez-vous ensemble, mais pas trop proches non plus.»

Il décrivait l'attitude libératrice de l'amour envers les enfants en ces mots : «Vos enfants ne sont pas vos enfants. Ce sont les fils et les filles de l'appel de la Vie à elle-même. Ils viennent à travers vous et non de vous. Et bien qu'ils soient avec vous, ils ne vous appartiennent pas.(...) Vous pouvez accueillir leurs corps mais pas leurs âmes. (...) Vous pouvez vous efforcer d'être comme eux, mais ne tentez pas de les faire comme vous.»

Le rétablissement d'une relation mère-fille grâce à la libération

Un thérapeute fut un jour appelé à l'hôpital pour rencontrer une jeune femme affligée d'une dépression nerveuse. Elle souffrait de gros maux de tête et faisait des crises de larmes interminables. Les médicaments ne semblaient avoir aucun effet sur sa condition.

Sa mère avait terriblement peur et disait : «Je ne comprends pas ce qui se passe. Ma fille a toujours été une enfant obéissante. Elle ne s'est jamais opposée à moi et ne m'a jamais contrariée d'aucune manière. Mais maintenant elle me dit des choses terribles. Elle prétend que j'ai gâché sa vie, que je l'ai empêchée de se trouver un emploi et de travailler, de se marier et de vivre une vie normale. Bien sûr, je ne l'ai jamais encouragée à travailler parce qu'elle a toujours été une enfant timide et malade. Elle n'avait pas réellement besoin financièrement de travailler, alors j'ai insisté pour qu'elle reste à la maison pour m'aider, en pensant que sa vie serait plus agréable. Mais maintenant, elle me critique et me condamne à cause de cela. Elle semble tout à coup me haïr.»

Sa fille, qui se rebellait enfin contre la domination et l'amour étouffant de sa mère, était loin d'être une enfant. Elle avait plus de 30 ans, bien qu'elle portait les cheveux longs, des chaussettes aux chevilles et des vêtements d'adolescente. Elle semblait également penser et parler comme une adolescente.

Elle se sentait quelque peu coupable de se révolter ainsi contre sa mère, mais elle affirmait qu'elle n'y pouvait rien. Lorsque le thérapeute lui assura que sa réaction était tout à fait normale, elle se mit à se détendre. Ses maux de tête finirent ainsi par s'évanouir complètement. Elle cessa de pleurer. Elle redevint capable de digérer normalement sa nourriture et retrouva ses forces. Une grande part de son hostilité envers sa mère disparut petit à petit.

Des discussions subséquentes avec la mère et la fille les aidèrent à réaliser que cette expérience avait été pour le mieux. Si la fille n'avait pas été en mesure de se libérer du ressentiment accumulé contre sa mère, si elle n'avait pas été capable de réclamer son indépendance émotionnelle, elle se serait assurément retrouvée dans un hôpital psychiatrique. Les statistiques en maladie mentale prouvent qu'elle est grandement attribuable à des relations difficiles à la maison — des relations qui sont souvent possessives et dominantes. La maladie mentale est le moyen utilisé par le patient pour combattre la domination et se libérer de la possessivité.

Les personnes qui vous sont chères doivent disposer de leur liberté pour vivre leur propre vie, et vous devez la leur accorder, sinon vous créerez immanquablement des problèmes pour eux et pour vous-même. Si vous désirez vous libérer de tous les types de problèmes reliés à votre esprit, à votre corps et à votre vie personnelle, vous devez libérer les autres pour qu'ils accèdent à leur propre bien à leur manière. Un canal libre se trouve ainsi ouvert pour permettre à un bien suprême de se répandre sur toutes les personnes concernées. Votre propre liberté et votre propre bien-être dépendent de cette libération, tout comme la liberté et le bien-être des gens qui vous sont chers.

La libération délivre une mère et son fils

Une professionnelle était passablement inquiète au sujet de son fils célibataire. Il était prospère dans son travail, mais ne s'était jamais marié et vivait encore chez sa mère. Cette dernière, qui était veuve, avait consacré de nombreuses années au bien-être et à l'éducation de son fils. Le temps était maintenant venu pour elle de retrouver sa liberté pour voyager et peut-être pour travailler à l'extérieur. Elle désirait également que son fils fasse un mariage heureux. Elle réalisait que sa propre liberté et son propre bien-être dépendaient de la libération émotionnelle de son fils.

Puis ses rêves devinrent réalité: son fils rencontra la femme de son choix. Mais au lieu de se réjouir de ce qui arrivait, la mère en fut bouleversée et irritée, trouvant constamment à redire contre cette fille. Elle finit par tomber malade, et son médecin l'informa qu'elle souffrait d'une hypertension résultant d'une quelconque anxiété secrète.

Elle réalisa ensuite que pour se délivrer de la maladie, afin de vivre une vie heureuse et équilibrée, elle devait libérer son fils pour qu'il puisse vivre comme il l'entendait. Elle comprit qu'en lui rendant sa liberté elle se libérerait elle-même. Avec cet objectif en tête, elle déclarait sans cesse: « *Je te libère complètement et volontairement. Je te délivre et te rends à ton propre bien. Le bien de l'un est le bien de tous.* » Son anxiété s'évanouit peu de temps après, sa santé s'améliora, et son fils se maria. Elle se retrouva donc libre de voyager, de chercher un nouveau travail, et de développer un mode de vie entièrement nouveau et plus libre comme elle le désirait depuis longtemps.

Lorsque vos prières ne sont pas exaucées, c'est souvent parce qu'il est nécessaire que vous pratiquiez l'acte de la libération — la libération d'une personne ou d'une situation, d'un problème financier ou de santé. Ce n'est souvent pas un ennemi que vous avez besoin de libérer mais un ami, un parent — un mari, une épouse, ou un enfant. Avec la pratique de la libération, votre problème se résoudra, votre bien sera ressuscité.

Vous devez pardonner pour votre propre bien

Le pardon est une forme de libération essentielle, et une des plus importantes formes d'amour. Lorsque vous pratiquez le pardon, vous faites l'expérience du pouvoir de guérison de l'amour. Vous devez pardonner aux blessures et souffrances passées et présentes — pas tant pour le bien de l'autre que pour le vôtre. Le ressentiment, la condamnation, la colère, le désir de revanche ou de voir l'autre être puni ou souffrir souillent votre âme. Ces sentiments négatifs entraînent bien d'autres problèmes qui n'ont en fait rien à voir avec le tort initial.

Emmet Fox explique: «Lorsque vous nourrissez du ressentiment contre quelqu'un, vous êtes lié à cette personne par l'entremise d'une chaîne cosmique, une chaîne extrêmement résistante. Vous êtes attaché par un lien cosmique à l'objet que vous détestez. La personne que vous haïssez peut-être le plus au monde est celle à laquelle vous vous êtes accroché à l'aide d'un crochet plus résistant que l'acier*.»

Le pardon d'une femme au foyer apporte guérison et prospérité

Une femme au foyer décrivait récemment comment le pouvoir de guérison de l'amour était à l'œuvre dans sa famille à travers le pardon:

«Il y a 10 mois, mon univers entier semblait s'écrouler. Le poste de cadre de mon mari a été soudainement aboli (apparemment tout à fait injustement). Deux de nos enfants et moi-même souffrions de bronchite. C'est pendant cette période désespérée que j'ai entendu parler d'un des livres de Catherine Ponder sur la prospérité et que j'ai entrepris de l'étudier. J'y ai lu quelque chose qui m'a grandement aidée: Je pardonne complètement et volontairement. Je délivre et je libère. Je remets tous les jugements, les ressenti-

---

* *Le Sermon sur la montagne*, New York, Harper & Row, 1938, p. 188.

ments, les critiques et les rancunes entre les mains du Christ à l'intérieur de moi, pour qu'ils soient dissipés et guéris. La Vérité menant à la prospérité m'a rendu ma liberté pour que j'accède à mon bien suprême et pour que je partage mon bien avec autrui!

À la lecture de ces paroles, j'ai compris que j'étais pleine de ressentiment contre l'ancien employeur de mon mari à cause de sa prétendue injustice et de son piètre jugement en affaires. J'ai continué d'utiliser les affirmations de ce livre, et il m'est en fait devenu très facile de pardonner complètement.

Dans les jours qui ont suivi, la maladie de peau dont ma mère souffrait s'est résorbée, puis les réalisations financières ont commencé! Nous avions contracté des dettes quasi insurmontables, mais graduellement, en raison d'un changement complet d'attitude suscité par la pratique du pardon, de l'argent s'est mis à arriver de sources inattendues. Nous avons reçu un remboursement d'impôts; mes parents nous ont envoyé de l'argent pour le loyer; nos créanciers ne nous ont pas pressés pour être payés. Après deux mois de chômage, mon mari s'est trouvé un emploi idéal, dans un poste qu'il connaît très bien, comme directeur général d'un centre de ski actuellement en construction où nous nous installerons sous peu. L'entreprise nous fait construire un superbe appartement décoré à notre goût, avec moquette.»

Lorsque nous nourrissons du ressentiment contre autrui, nous sommes enchaînés à cette personne ou à cette condition par le biais d'un lien cosmique, et le pardon est le seul moyen pour dénouer les chaînes et pour retrouver notre liberté.

Qu'est-ce que cela signifie
quand les autres vous blessent ou vous déçoivent?

Comme les gens sont tous des enfants de Dieu, il n'y a en fait rien à pardonner. Ils ne nous ont pas réellement trahis, déçus, abandonnés ou humiliés. Ils peuvent avoir trébuché en rencontrant notre chemin. Mais ce sont des fils de Dieu temporairement égarés. S'ils ont croisé notre chemin, c'est qu'ils désiraient notre bénédiction et qu'ils en avaient besoin. Ils comptaient inconsciemment sur nous pour retrouver leur équilibre et repartir dans la bonne direction.

Nous n'avons pas été freinés dans notre progression, peu importe ce qu'ils ont fait ou pas. Ils n'ont pas empêché notre bien de parvenir jusqu'à nous; ils n'en avaient pas le pouvoir. Ils ont croisé notre chemin sur ordre divin, même s'ils ont semblé nous blesser pendant un moment. *Lorsque les gens nous dérangent d'une manière quelconque, c'est parce que leur âme essaie d'attirer notre divine attention et qu'elle a besoin de notre bénédiction. Lorsque nous la leur accordons, ils cessent de nous importuner. Ils disparaissent de notre vie et cherchent leur bien autre part.*

Après avoir été sérieusement blessée dans un accident impliquant un homme en état d'ébriété, une infirmière découvrit une grande vérité dans ces paroles et y trouva un immense réconfort. Après son rétablissement, elle reprit son travail. L'homme responsable de son accident fut admis à maintes reprises à l'hôpital où elle travaillait — et chaque fois, il était sous l'effet de l'alcool. Elle refusa de lui administrer des soins, et son médecin lui assura qu'elle ne serait pas assignée à son cas.

Un jour, il fut admis alors qu'il y avait pénurie de personnel infirmier sur son étage, et elle était la seule infirmière disponible. Puisque c'était inévitable, elle lui apporta son plateau et ses médicaments. Lorsqu'elle apparut, il la reconnut, lui parla de l'accident et lui dit qu'il s'était inquiété de sa situation financière depuis l'accident, réalisant qu'elle était veuve et avait deux enfants à nourrir.

Aux petites heures du matin, au cours de leur conversation, il lui demanda pardon et elle le lui accorda. La chose la plus étonnante à la suite de cet échange fut que cet homme cessa de consommer de l'alcool et ne fut plus jamais hospitalisé. L'infirmière comprit que l'homme avait eu besoin de son pardon et de sa bénédiction avant de sortir de sa vie.

Comment des métastases furent guéries

Si vous ignorez à qui ou à quoi vous avez besoin de pardonner lorsque votre bien semble être hors de votre portée, demandez à Dieu de vous éclairer. Vous pourriez être surpris de découvrir où réside le blocage.

Une femme découvrit des métastases dans un de ses seins et en fut très atterrée. Mais au lieu de courir se confier à quelqu'un, elle décida d'analyser la situation mentalement et de chercher conseil dans la prière.

Elle reconnut qu'une condition rigide dans son corps symbolisait une condition tout aussi rigide dans son esprit — des pensées pleines de ressentiment, de condamnation, de rancune. Elle se mit à prier: «*Divine intelligence, à qui ou à quoi ai-je besoin de pardonner?*»

La réponse ne vint pas immédiatement, et elle continua donc de prier, de méditer et de demander quotidiennement: «*Divine intelligence, à qui ou à quoi ai-je besoin de pardonner?* Quelles attitudes rigides ai-je besoin de libérer et de laisser tomber pour être en mesure de pardonner à cette condition?*» Un jour, au cours d'une méditation, elle se prit à penser à son mari et à une femme avec qui il avait eu une liaison cinq ans plus tôt. Elle avait traversé cette expérience sans résistance et tout était rentré dans l'ordre. Elle et son mari étaient maintenant heureux comme jamais, mais elle réalisa pendant la période de méditation qu'elle continuait de nourrir des pensées mauvaises à l'égard de cette autre femme et de son mari au sujet de la situation angoissante du passé.

Elle pria pour cette femme, elle la bénit et lui rendit sa liberté en disant mentalement: «*Je te pardonne volontairement, je te libère. Tu es disparue de ma vie pour aller à la rencontre de ton propre bien et pour partager ce bien autre part. C'est fait, c'est terminé.*» À l'intention de son mari, elle disait: «*Je te pardonne volontairement. Je laisse tomber toutes les fausses conceptions à ton sujet. Tu es un mari fidèle et aimant, et notre mariage est merveilleux. Seul le bien ressort de cette expérience.*»

Elle prononça ces paroles de pardon pendant plusieurs semaines au cours de ses prières. Un jour, elle se rendit compte que ses métastases au sein avaient disparu; elle ne sut jamais à quel moment c'était arrivé.

Un bon remède pour ressusciter la santé, la fortune et le bonheur

Mettez délibérément le pouvoir de guérison de l'amour en pratique par le biais d'actes de pardon et de libération. Charles Fillmore décrit cela comme un bon remède pour ressusciter la santé, la fortune et le bonheur. Bénissez votre problème, quel qu'il soit, avec des pensées semblables à celles-ci: «*Je te délivre et te bénis maintenant. L'amour divin est en train de régler ma vie et mes problèmes. En comprenant ceci, je retrouve la paix.*» (...) Toute personne qui s'allie ainsi au pouvoir de l'amour divin se construit une parcelle du paradis sur la Terre[*].

Une enseignante en Oklahoma confirme ceci lorsqu'elle écrit:

«J'ai donné un exemplaire du livre *Le Pouvoir triomphant de l'amour* à ma nièce et elle a récemment passé un après-midi complet à me raconter comment il a révolutionné sa vie.

Elle et son mari, mariés depuis 40 ans, traversaient une période maritale difficile. Elle a donc décidé de travailler sur le pardon pendant tout un mois, tel que suggéré dans le livre.

---

[*] Tirée de *A Sure Remedy*, écrit par Charles Fillmore, publié par Unity School of Christianity, Unity Village, Montana 64065.

Un mois s'est écoulé et, lorsque son mari est revenu à la maison de son travail à la fin de cette période, toute son attitude avait changé. Il lui a dit combien il la trouvait belle. Il lui a demandé ce qu'elle avait fait pour perdre quatre kilos et lui a affirmé qu'elle avait l'air plus détendu. Son attitude agréable semblait relever d'un miracle.»

Chapitre

4

Le pouvoir de résurrection de l'amour

Le terme *ressusciter* veut dire «faire resurgir... ramener à la vie». La résurrection de Jésus-Christ avait pour but de faire renaître la nature divine de toute l'humanité.

L'homme a été créé avec une nature divine à l'image de Dieu. Mais celui-ci fit un mauvais emploi de sa nature divine en se tournant vers la croyance au mal; il oublia tout de sa divinité et de l'usage qu'il pouvait en faire.

Certains grands personnages de l'Ancien Testament tentèrent de faire resurgir cette nature divine chez l'homme et d'en rétablir l'usage. David célébrait la divinité de l'homme ainsi: «À peine le fis-tu moindre qu'un dieu; tu le couronnes de gloire et de beauté» *(Psaumes 8, 6)*. «Vous, des dieux, des fils du Très-Haut, vous tous» *(Psaumes 82, 6)*. Job réalisait: «C'est un esprit dans l'homme» *(Job 32, 8)*.

L'homme spirituel fut toujours couronné de gloire et de beauté, même si l'humanité avait perdu de vue sa glorieuse divinité pendant des siècles. Afin de la faire apparaître de nouveau, de la ramener à la vie, un Père aimant envoya sur la Terre un Sauveur, un Rédempteur — qui ressusciterait la divinité de toute l'humanité.

Vous pouvez vous libérer de toutes vos limitations

La résurrection de la nature du Christ en Jésus symbolise la résurrection de celle de toute l'humanité. Jésus décrivait la divinité de l'homme lorsqu'Il dit: «Le Royaume de Dieu est au milieu de vous» *(Luc 17, 21). Ce que la théologie appelle une âme perdue est simplement une âme qui a perdu son essence divine de vue. Lorsque notre nature divine resurgit, lorsqu'elle est réutilisée, elle peut nous extraire de toutes sortes de limitations.*

Une femme écrivait:

«J'avais *Le Pouvoir triomphant de l'amour* dans mon sac à main quand j'ai rendu visite à ma fille à l'hôpital. Je me suis aperçue de l'état déprimé de la jeune dame du lit voisin. Alors, je lui ai offert mon livre. Elle l'a accepté avec grand plaisir, et voici le petit mot qu'elle m'a adressé plus tard:

«Je ne peux vous remercier assez pour avoir partagé *Le Pouvoir triomphant de l'amour* avec moi. Je ne suis pas une dévote fanatique, mais Dieu a complètement transformé ma vie depuis que j'ai commencé à étudier ce livre et que j'ai appris que j'ai une nature divine. Si je n'avais pas entendu parler de ces notions et ne les avais pas utilisées, je serais en bien piètre état aujourd'hui, mentalement et physiquement. Bien au contraire, je suis sur la voie d'un rétablissement complet sur tous les plans.»

Voici une déclaration que j'utilise maintes fois, une affirmation qui m'aide à me libérer de mes limitations: «*Le Christ à l'intérieur de moi me libère de toute limitation. Je suis la résurrection et la vie.*»

Paul disait que cette nature du Christ ressuscité chez l'homme est un mystère qui est resté caché pendant nombre de générations, et il décrivait ceci comme étant l'espoir de l'homme d'accéder à la gloire. Il rappelait aux premiers chrétiens leur divinité: «Ne savez-vous pas que votre corps est un temple du Saint-Esprit, qui est en vous et que vous tenez de Dieu?... Glorifiez donc Dieu dans votre corps.» *(1 Corinthiens 6, 19-20).*

Charles Fillmore décrit la résurrection comme étant «la renaissance de l'homme tout entier — esprit, âme et corps — dans la conscience du Christ, la conscience de la vie et de l'intégrité.» Il écrivait dans *Keep a True Lent:* «Le temps de l'émergence d'une nouvelle race est arrivé, l'émergence d'un homme spiritualisé. Ceci ne résultera pas d'un miracle ni du consentement de Dieu, mais de la transformation graduelle de l'homme de chair en homme d'esprit. Le véritable vainqueur se qualifie pour devenir membre de la nouvelle race spiritualisée*.»

Tout comme Jésus, par la résurrection de Sa nature spirituelle, fit resurgir cet homme spiritualisé,

---

*   Publié par Unity School of Christianity, Unity Village, Montana 64065, 1953.

nous pouvons faire renaître la divinité à l'intérieur de nous et chez les autres. Nous ferons ainsi partie intégrante de la race spiritualisée susceptible de venir à bout des expériences négatives ou de les surmonter.

«Pensez à vous-même en termes de vastitude, d'immensité, et les petits détails de la vie perdront leur intérêt, nous dit Charles Fillmore. Observez les choses à partir d'un vaste point de vue. Plutôt que de vous voir simplement comme un homme, regardez-vous comme si vous étiez un être divin. La seule différence entre les dieux et les hommes réside dans la compréhension. Les hommes ont le pouvoir de comprendre et d'assimiler en Dieu tout ce qu'ils imaginent de possible.»

Comment les louanges peuvent accroître votre bien

En pratique, vous pouvez voir les autres et vous-même d'un vaste point de vue, comme des êtres divins, par le biais des louanges. Les louanges sont une des formes d'amour les plus puissantes, et elles accroissent votre bien. Les louanges constituent votre pouvoir de résurrection parce qu'elles font resurgir le bien. Elles en rétablissent l'usage, elles le ramènent à la vie en vous et chez votre prochain. Ella Wheeler Wilcox exprimait la plus haute forme de louanges dans son poème intitulé «*Attainment*» *(Réalisation)* lorsqu'elle écrivit:

«Sachez que vous êtes vaste,
Vous êtes rempli de divinité.»

Le mot *louange* réfère à l'action d'exprimer son approbation, de glorifier, de reconnaître la valeur.

Lorsque vous exprimez votre approbation envers vous-même ou à l'égard des autres, vous glorifiez le divin en vous-même et chez les autres. Vous pouvez toujours faire resurgir ou ressusciter le bien, la divinité des gens et des situations par le biais des louanges.

Répétez souvent à l'intérieur de vous: «*Grâce au pouvoir du Christ à l'intérieur de moi, ma vie peut être aussi agréable que je le désire!*» Que cela soit littéralement vrai ou pas, commencez à penser à vous-même en utilisant des termes comme *glorieux, splendide, bien-aimé, puissant, bien, capable*. Commencez à voir le monde comme un endroit merveilleux où il fait bon vivre, travailler, croître, s'amuser. Affirmez souvent à l'intention des autres, surtout de ceux qui vous dérangent: «*Grâce au pouvoir du Christ à l'intérieur de vous, votre vie peut être aussi agréable que vous le désirez!*» Vous serez surpris de constater à quel point ce mode de pensée simple et exaltant réussira à ressusciter votre bien — à le faire resurgir, à le ramener à la vie. De plus, affirmez souvent pour toute situation qui vous perturbe: «Je reconnais la valeur de cette situation.»

Une comptable améliora la disposition de son employeur

Je connus un jour un employeur pour lequel personne n'aimait travailler. Cet homme grave et sérieux était irritable, impatient, difficile à contenter. Un comptable qui avait travaillé pour lui pendant des années dut démissionner pour des raisons de santé. Tout le monde se demandait ce qu'il adviendrait de cet employeur puisque personne n'était intéressé au poste désormais vacant. Aucun habitant de cette localité ne postula.

Ce fut une comptable venue d'une autre ville qui accepta l'emploi. Elle était une femme heureuse, joyeuse, attirante, qui contrastait beaucoup avec son prédécesseur, une personne sérieuse, terne et geignarde. Elle avait assurément l'intention d'avoir du plaisir dans son travail. Elle reconnaissait la valeur de la situation.

Elle planifiait chaque journée en fonction du bien-être de son nouvel employeur et du sien. Elle arrivait tôt pour agrémenter son bureau et mettre de l'ordre avant de commencer la journée. Elle apportait souvent des fleurs fraîches cueillies dans son jardin. Elle s'informait de ce que son employeur voulait et se faisait un devoir de lui faire plaisir. Elle le complimentait souvent sur un aspect de son travail, ou sur sa femme et sa famille. En rendant les choses aussi plaisantes que possible, la comptable réussit lentement à transformer son employeur en un homme calme, paisible et heureux.

Pour la première fois depuis des années, il souriait régulièrement et sincèrement. C'était une joie pour les gens de son entourage de voir combien il était heureux et détendu. Il manifesta sa reconnaissance en relâchant les cordons de sa bourse et en accordant plusieurs augmentations de salaire à sa nouvelle employée. Cette dernière gagna rapidement plus que son prédécesseur. Cette heureuse situation continua pendant un bon moment jusqu'au transfert de son mari dans un autre État, ce qui l'obligea à quitter son poste pour le suivre. Le dernier jour de travail, son patron alla même jusqu'à verser quelques larmes. Il offrit un repas en son honneur et lui remit une généreuse prime en guise de cadeau d'adieu.

La comptable qui la remplaça auprès de cet homme ignorait tout de ce que c'était que de reconnaître la valeur des gens et des situations, et par le fait même de ressusciter le bien en eux. Elle ignorait tout du pouvoir magique des louanges et de l'approbation. Il en résulta que son employeur se renferma dans sa coquille et retrouva son caractère déplaisant, ce qui lui valut à nouveau sa vieille étiquette de l'employeur le plus difficile en ville.

Lorsque vous voyez la beauté, la vie, le charme émerger tout autour dans les merveilles de la nature, faites souvent appel au pouvoir de résurrection de l'amour par le biais des louanges. Exprimez votre approbation aux autres, reconnaissez la valeur des situations, peu importe les apparences, et glorifiez votre propre apparence et votre environnement. Vous ferez ainsi partie intégrante du pouvoir de résurrection de l'amour qui est puissamment à l'œuvre dans tous les atomes de l'Univers.

Vous pouvez décupler la beauté de votre apparence et de votre environnement

Vous pouvez glorifier votre apparence et votre environnement en créant le plus possible de beauté. On demanda un jour à une actrice célèbre comment elle faisait pour rester si jeune malgré ses 70 ans passés. Elle répondit qu'elle conservait la jeunesse en observant la beauté autour d'elle, en l'appréciant, en remplissant ses pensées de beauté.

Vous pouvez accroître la beauté de votre environnement si vous commencez immédiatement à y ajouter toutes les touches de beauté possible. La beauté dans votre vie s'en trouvera décuplée. En mettant de plus en plus l'accent sur la beauté et en faisant tout pour la créer, vous deviendrez plus prospère.

Je me retrouvai un jour dans une situation qui semblait totalement dénuée de beauté. L'apparence d'une pièce était particulièrement décourageante. Elle était remplie de vieux meubles usés tout juste bons à mettre au rancart. Une amie qui connaissait le pouvoir de résurrection de la beauté n'arrêtait pas de regarder cette pièce encombrée elle aussi. Nous n'arrivions pas à décider de l'usage que l'on pouvait en faire à cause de son apparence désagréable. Nous décidâmes enfin de former un vide en nous débarrassant des vieux meubles, rideaux et tapis.

Aussitôt que nous eûmes vidé la pièce, des idées de décoration commencèrent à émerger. Avec leur émergence, nous fûmes en mesure de trouver un objet qui respectait le thème de notre décoration. Nous l'achetâmes et le plaçâmes dans la pièce vide. Cet objet magnifique agissait comme un aimant. Il attira rapidement d'autres objets que l'on nous donna en cadeau. De l'argent arriva facilement pour permettre l'acquisition d'objets plus coûteux afin de créer une atmosphère élégante. Tout semblait vouloir rehausser la beauté de cette pièce. Ce fut rapidement la plus belle de tout l'édifice. Les gens la visitaient souvent simplement pour se repaître de sa beauté. Ils disaient qu'elle leur procurait un sentiment de paix, de sérénité, de bien-être. Bientôt, l'essence de beauté dans cette pièce sembla se ramifier dans tout l'édifice, et d'autres pièces furent redécorées.

Un décorateur d'intérieurs en Californie écrivait :

«Un ami m'a prêté *Le Pouvoir triomphant de l'amour*, ce qui m'a aidé à résoudre un problème professionnel passablement épineux. Maintenant, lorsque je m'adresse à des groupes sur la conception de la décoration intérieure, je relis toujours le passage de l'auteure sur la création d'une pièce magnifique. Mon auditoire apprécie toujours cette histoire! Cela leur procure beaucoup d'espoir pour embellir et améliorer leur propre environnement.»

Vous pouvez utiliser cette technique pour vous constituer une magnifique garde-robe, ou pour remeubler votre maison ou votre bureau. Commencez en acquérant un objet tout à fait élégant qui vous ravit et vous procure une sensation de richesse. S'il s'agit d'un vêtement, portez-le fréquemment, tout en l'appréciant mentalement, et il vous ouvrira la voie vers d'autres beaux vêtements.

En fixant votre attention sur un bel objet, vous créez une image mentale de la beauté, et cette image se met à l'œuvre à travers vous et à travers les autres pour engendrer la beauté pour votre bonheur. Il importe donc de poser un geste vers la beauté, aussi infime soit-il. Vous verrez ainsi la beauté se décupler en votre faveur, et vous pourrez ressusciter la beauté et glorifier votre vie et votre environnement.

Le pouvoir de guérison de la beauté

La beauté détient aussi le pouvoir de ressusciter la santé. Lorsque vous essayez de vous libérer de la douleur et de la souffrance, c'est le temps de porter vos vêtements les plus gais et les plus clairs. Le corps semble répondre aux couleurs vives et pâles qui évoquent la vie, la santé, la vitalité.

La guérison par la couleur est une ancienne science que l'on redécouvre de nos jours. On la pratiquait dans les anciens temples de guérison en Égypte, en Inde et en Chine. Des expériences récentes ont été entreprises dans des hôpitaux modernes dans le but de découvrir les effets de la couleur sur le rétablissement des patients. L'on reconnaît déjà l'efficacité de la thérapie par la couleur, surtout dans les hôpitaux psychiatriques.

Après un accident d'automobile, une enseignante développa une démangeaison désagréable qu'aucun traitement médical ne réussissait à soulager. On lui suggéra de commencer à rendre grâce pour sa parfaite guérison, et ce, d'une manière joyeuse, heureuse, et de porter chaque jour ses vêtements les plus beaux et les plus radieux. On lui conseilla également de s'amuser plutôt que de s'enfermer chez elle et d'essayer de dissimuler ses éruptions cutanées. Cette prescription pour activer la guérison semblait tout à fait ridicule, mais elle porta fruit.

Une femme qui était affligée d'une variété de maux ne trouva aucun soulagement dans les divers traitements médicaux et métaphysiques qu'elle suivait, jusqu'à ce qu'on lui suggère d'abandonner ses vêtements sombres qu'elle portait depuis des mois. Elle s'habilla de vêtements légers de couleur vive, et son corps sembla se réjouir d'être ainsi revêtu de beauté. Ses maux disparurent. Elle avait également l'air plus jeune, et cela l'aida mentalement à accepter d'accéder à une parfaite guérison. Voici une affirmation appropriée pour atteindre cet objectif: « *Je recouvre le temple de mon corps d'un baume d'amour et je le revêts de vêtements de louanges.* »

La joie a le pouvoir de guérir

La joie est une autre façon de glorifier votre divinité et de ressusciter votre bien. Emma Curtis Hopkins décrit le pouvoir de résurrection de la joie ainsi: « L'exaltation est un aimant qui attire toutes les bonnes choses de l'Univers vers vous. La dépression et l'anxiété sont un aimant qui invite le trouble. (...) Il n'existe aucun pouvoir de guérison dans l'état d'esprit dépressif. (...) Pour être à votre meilleur, métaphysiquement, il importe que vous soyez dans un état d'esprit exalté. »

Une femme qui vivait une grande peine se laissa sombrer dans le découragement, l'insomnie et la dépression. Son médecin lui dit finalement qu'elle allait devoir surmonter sa dépression qui affectait sa santé. Il l'informa que la façon de vaincre la dépression consistait à rire au moins trois fois par jour, que cela lui plaise ou non.

Même si ce conseil paraissait ridicule, elle commença à se retirer dans sa chambre trois fois par jour dans le seul but de rire et de se réjouir, que ce soit drôle ou non. Elle retrouva rapidement la santé et sa vie misérable d'antan prit une toute nouvelle allure pleine de gaieté.

Charles Fillmore écrit: «Tous les systèmes de guérison reconnaissent la joie comme étant un facteur bénéfique dans la reconquête de la santé chez les malades. (...) L'existence d'une relation intime entre le bonheur et la santé ne fait aucun doute[*].»

Un directeur fut soudainement victime d'une grosse indigestion. Il décida de vérifier si la joie lui rendrait la santé. Il avait un jour entendu un conférencier dire: «Si vous vous arrangez pour sourire sans arrêt pendant cinq minutes, vous arriverez à soulager n'importe quelle souffrance.» Il s'installa donc devant un miroir et y demeura en souriant, tout en se minutant à l'aide de sa montre pour être certain de garder le sourire pendant les cinq minutes prescrites. Lorsque le temps fut écoulé, il était si amusé par cette technique qu'il riait aux éclats. Il se remémora soudainement l'intense douleur qui le tenaillait seulement cinq minutes plus tôt. Elle avait disparu!

Le plaisir, le rire, la joie sont parmi les médicaments les meilleurs et les moins chers au monde. Administrez-vous-en souvent de fortes doses. Ils vous feront non seulement réaliser des économies en

---

[*]   *Jesus Christ Heals*, Unity Village (Montana 64065), Unity School of Christianity, 1939.

frais médicaux, mais votre corps sera en meilleure santé et votre vie plus heureuse.

Des attitudes joyeuses envers les autres peuvent les guérir

Si quelqu'un ne connaît pas le pouvoir de résurrection d'un état d'esprit joyeux et agréable, une personne de son entourage peut certainement l'aider à ressusciter son bien en adoptant une attitude joyeuse face à sa vie et à ses affaires personnelles.

Un annonceur radio populaire apprit qu'il allait mourir du cancer. Lorsque les médecins informèrent sa femme de sa condition et du fait qu'il ne s'en remettrait pas, elle répondit: «Ne dites plus rien. Je refuse ce diagnostic. Mon mari est un homme trop bon pour mourir. Il a encore trop à donner au monde. J'ai espoir que mon mari se remettra.» Elle continua d'adopter une attitude remplie d'espoir.

Non seulement cet homme était-il atteint du cancer, mais il était également un alcoolique. Lorsque des parents et des amis avaient précédemment tenté de consoler sa femme au sujet de sa dépendance, elle avait refusé de considérer leurs paroles sympathisantes. Elle leur avait plutôt répondu: «Mon mari est un homme trop bon pour être dépendant à l'alcool. Il guérira.»

Lorsque son mari reçut son congé de l'hôpital, l'on avait diagnostiqué son cas comme étant incurable. Sa femme et lui se joignirent à un groupe de prières qui croyait en la guérison spirituelle. Ses auditeurs furent nombreux à prier également pour sa guérison. Grâce à ces constantes prières, il se rétablit de son cancer et de son problème de dépendance.

Une vedette de la télévision entendit parler de la guérison de l'annonceur radio. Devant son avenir plutôt incertain à la suite d'une opération pour un cancer, elle décida de lui écrire pour s'enquérir du secret qui lui avait permis d'accéder à une complète guérison. L'annonceur lui répondit: «D'abord, ne vous fiez jamais aux diagnostics qu'on vous donne à moins qu'on vous dise que vous pouvez guérir. Refusez de croire à tout autre chose. Ensuite, priez quotidiennement en demandant à Dieu ce que vous devez réellement accomplir, et mettez-vous *joyeusement* à la tâche!»

Ces événements se produisirent il y a des années, et aujourd'hui l'annonceur et la vedette sont tous deux en bonne santé et affairés à la réalisation de leur carrière.

Votre vie peut être aussi agréable que vous le désirez

Lowell Fillmore décrivait un jour le pouvoir de résurrection des paroles joyeuses et heureuses: «De bonnes paroles dans notre bouche apportent bonheur et prospérité, alors que (...) des paroles de colère interfèrent avec le processus digestif qui s'active dans notre estomac et perturbent d'autres fonctions de notre corps. Lorsque vous êtes cinglant envers quelqu'un, vous vous faites davantage de mal à vous-même qu'à votre cible. (...) Il n'existe aucune nourriture dans des critiques empreintes de mal. (...) Vous ne pouvez croître et prospérer non plus si vous utilisez des paroles cuisantes. (...) Inondez votre conversation de paroles remplies des vitamines constructives de l'Esprit. (...) Alors, lorsque vous avez quelque chose de bon à dire, pour l'amour de Dieu, faites-le.»

Tout comme la nature s'éveille à travers l'expression de la beauté et de la joie, vous pouvez faire resurgir la divinité à l'intérieur de vous, vous pouvez la ramener à la vie et en rétablir l'usage à travers l'expression de la beauté et de la joie. Exprimez souvent le pouvoir de résurrection de l'amour en faisant cette déclaration: «*Grâce au pouvoir du Christ à l'intérieur de moi, ma vie peut être aussi agréable que je le désire! Je recouvre le temple de mon corps d'un baume d'amour et je revêts des vêtements de louanges. Je reconnais la valeur de mon prochain et déclare à son intention: — «Grâce au pouvoir du Christ à l'intérieur de vous, votre vie peut être aussi agréable que vous le désirez. Je le dis pour l'amour de Dieu. Et je rends grâce du fait que nous soyons tous vastes et remplis de divinité!*»

5

Une technique spéciale d'amour
Première partie

Un des enseignements fondamentaux du Mouvement de la Vérité dit que tous les environnements, les circonstances et les conditions que nous vivons existaient d'abord dans notre esprit sous forme de pensées, soit consciemment ou inconsciemment. Un des plus grands secrets de l'amour consiste à apprendre comment chasser les pensées inharmonieuses de notre propre conscience pour qu'à leur tour les expériences et relations inharmonieuses disparaissent. *Si vous prenez les mesures adéquates avec vos propres pensées, les gens qui vous entourent se retrouveront dans de bonnes conditions — tout en restant présents dans votre vie ou en en sortant.* D'une manière ou d'une autre, l'harmonie régnera.

J'aimerais partager avec vous une technique toute spéciale qui vous aidera à remettre un ordre divin dans vos pensées, rapidement et assurément. Cette technique mystique de prière est susceptible de prolonger votre vie en vous soulageant des conflits et des inquiétudes inutiles. Elle peut faire des miracles dans vos relations humaines. Elle peut même transformer vos ennemis en amis. Et elle ne manquera pas d'améliorer votre santé mentale et physique et d'augmenter votre fortune d'une manière infinie.

Comment fonctionne cette technique

Vous pouvez employer cette technique spéciale d'amour dans le plus grand secret — à l'aide de mots. Les vraies paroles sont des anges. Les vraies paroles sont inondées de bien et elles génèrent le bien. Mais il existe une technique précise qui vous permet d'employer les mots et de produire des résultats angéliques: il s'agit d'imaginer que la personne qui vous cause du souci a un ange ou un être suprême (un être spirituel) à qui vous pouvez écrire.

En écrivant à l'ange de cette personne, vous inscrivez dans votre propre esprit une croyance harmonieuse au sujet de cette personne: vous irradiez inconsciemment votre sentiment harmonieux vers cette personne et vous reconnaissez et ravivez dans sa conscience son être suprême, spirituel.

Il y a un pouvoir spécial dans le fait d'écrire à l'ange d'une personne qu'il vous est impossible de raisonner et d'aider de la manière habituelle. *Il y a quelque chose dans les paroles de vérité écrites qui atteint le siège du jugement de l'autre en traversant les blocages émotionnels de vanité, d'orgueil, de déception, d'arguments intellectuels, et en pénétrant son être divin.*

Un jeune médecin démontre
l'efficacité de cette technique

Je connais nombre de personnes qui utilisent cette technique spéciale d'amour pour atteindre des gens perturbés et rétablir l'harmonie. Un jeune médecin entendit récemment parler de cette technique. Une mésentente régnait depuis plusieurs mois entre son confrère et lui. Le jeune médecin avait tout fait en son pouvoir pour rétablir l'harmonie, mais n'avait essuyé que des rebuffades dans ses tentatives de réconciliation. Le jeune médecin se mit à écrire quotidiennement à l'ange de l'autre homme, en demandant qu'une compréhension parfaite soit rétablie entre eux. Plus tard, ce dernier le rencontra dans la rue, il le salua avec bienveillance et l'invita à partager un repas avec lui. Depuis lors, les deux hommes sont redevenus de bons amis.

Une réconciliation se produit avec une belle-mère

Après le divorce de leurs parents, deux filles allèrent vivre avec leur père et leur nouvelle belle-mère. Pendant un temps, la situation, pleine de tension, de ressentiment et d'hostilité, fut passablement difficile. Les deux filles en parlèrent en pleurant à leur mère qui vivait dans un autre État. L'impuissance et la frustration furent sa première réaction. Puis elle se remémora le pouvoir miraculeux de la technique de prière qui consiste à écrire à l'ange d'une personne et elle suggéra tranquillement à ses filles d'y avoir recours.

Ces dernières se mirent à écrire quotidiennement à leurs anges respectifs, ainsi qu'à celui de leur belle-mère, ce qui eut pour effet de chasser les tensions et le ressentiment. Toutes trois échangèrent des mots d'excuse et d'amour, suivis d'embrassades, et elles versèrent des larmes de joie. Plus tard, leur mère affirma : «C'est une joie de voir le bonheur que mes filles vivent maintenant avec leur père et leur belle-mère.»

Une technique qui accomplit des miracles

J'ai déjà écrit au sujet de la technique mystique d'écriture à un ange dans une édition précédente de *Le Pouvoir triomphant de l'amour*, ainsi que dans *The Dynamic Laws of Healing* et *Pray and Grow Rich*. Cette technique secrète de prière peut accomplir des miracles dans votre vie et dans celle de votre entourage!

La première fois que j'entendis parler de cette technique secrète de prière, ce fut lorsque j'étudiais les écrits mystiques mais tout à fait pratiques d'Emma Curtis Hopkins*. Cette femme était connue comme étant la meilleure enseignante dans le domaine de la métaphysique au tournant du siècle et elle enseignait cette technique spéciale dans ses cours de maîtrise à Chicago, à San Francisco et dans d'autres villes américaines. Cinquante mille personnes étudièrent avec elle en ce début du siècle, bien avant que la radio, la télévision et d'autres moyens de communication de masse ne fussent accessibles. Les Fillmore, qui fondèrent le mouvement Unity, faisaient partie des étudiants de madame Hopkins, et les fondateurs des deux mouvements Religious Science et Divine Science furent aussi grandement influencés par ses enseignements. Le docteur H. B. Jeffery, dont on dit qu'il était l'un de ses étudiants, a écrit brièvement sur cette technique de prière dans son livre *Mystical Teachings***.

---

*   Voir ses livres *Scientific Christian Mental Practice* et *High Mysticism* publiés par Devorss & Co, Marina del Rey, Californie 90294.

**   Jeffery, Mystical Teachings, Fort Worth (Texas), Christ Truth League, 1954.

Les Saintes Écritures contiennent également un grand nombre de passages qui réfèrent au pouvoir des anges dans les moments difficiles. Abraham promettait: «Yahvé, en présence de qui j'ai marché, enverra son Ange avec toi, il te mènera au but» *(Genèse 24, 40).*

Lorsque d'autres techniques de prière se révélèrent infructueuses

Toutes les religions et les cultures enseignent que le pouvoir de l'homme réside dans sa parole. Nombre d'enseignements connaissaient le pouvoir spécial des mots écrits. Les Chinois étaient si attachés aux écrits qu'ils enseignèrent pendant des siècles de ne jamais déchirer une feuille d'écriture ni de faire mauvais usage de tout papier comportant des mots écrits même s'il était devenu inutile. Les Grecs croient depuis longtemps que les mots sont imprégnés d'un pouvoir cosmique, que l'on peut tout accomplir avec les mots, construire ou détruire.

Une technique de prière qui aida un homme d'affaires en Allemagne: «Depuis que j'ai commencé à utiliser régulièrement la technique de prière qui consiste à écrire aux anges ma vie s'est incroyablement améliorée. Lorsque j'ai commencé à utiliser cette technique, les premiers changements se sont produits *à l'intérieur* de moi et ont gagné plus tard les circonstances de ma vie. C'est particulièrement gratifiant parce les autres techniques de prière s'étaient révélées infructueuses.»

Des résultats de prospérité

Il passa de la pauvreté à la richesse en Europe: «Même si j'étais un professionnel, je demeurais dans une garçonnière et c'est tout juste si j'arrivais à survivre financièrement. Puis, j'ai pris connaissance de la technique d'écriture à un ange.

J'ai commencé à écrire à mon ange de la prospérité pour lui demander son aide. En deux ans, je suis littéralement passé de la pauvreté à la richesse. Mon travail ainsi que d'autres sources m'ont miraculeusement procuré des revenus sans cesse grandissants. *Trois ans après avoir commencé à écrire à mon ange de la prospérité, j'ai pu prendre ma retraite!*

Je voyage maintenant à travers le monde, passant mon temps à visiter les grands temples religieux, à m'investir dans des œuvres de charité et à aider les autres. Mon ange de la prospérité est vraiment devenu mon meilleur ami. Je continue de lui écrire souvent et de lui demander son aide, pour moi-même et pour mon entourage. J'ai également découvert le pouvoir d'écrire aux anges de la prospérité des autres personnes, les invitant à les aider.»

Comment l'abondance lui parvint en Arizona: Il y a quelque temps, j'ai lu l'histoire d'une mère divorcée qui souhaitait déménager avec ses enfants à l'étranger. Son ex-mari lui avait dit qu'il cesserait dans ce cas de lui verser la pension alimentaire des enfants. Elle a écrit à l'ange de son ex-mari et il *a continué* malgré tout à payer pour les enfants.

J'avais de vieilles dettes à cause de mon ex-mari qui nous devait des sommes pour la pension alimentaire. J'ai donc écrit à l'ange de mon ex-mari et lui ai demandé son aide. Deux jours plus tard, j'ai téléphoné à celui-ci et je lui ai proposé une façon de m'aider financièrement. Il m'a envoyé plus d'argent que je n'aurais pu imaginer! Il a été plus gentil et plus agréable qu'il ne l'avait jamais été. Merci d'avoir ouvert mon esprit à cette technique de prière mystique et tout à fait pratique. *Je fais maintenant appel à cette technique pour résoudre toutes sortes de problèmes.*»

Un meilleur emploi: Une femme d'affaires insatisfaite de son emploi se mit à écrire à l'ange de son patron, ainsi qu'à celui de son emploi. Trois jours plus tard, son employeur la licencia, et elle jugea que c'était pour le mieux. Une semaine plus tard, elle trouva un bien meilleur emploi, avec une rémunération plus importante et des conditions de travail plus agréables.

Comment il réussit à recouvrer des sommes en souffrance: Un agent immobilier rapporta qu'il avait réussi à récupérer des milliers de dollars de gens qui lui devaient de l'argent après s'être mis à écrire à leur ange.

Véhicule volé et retourné: «Nous nous étions fait voler un tout nouveau camion de notre salle de montre, qui était pourtant fermée à clé. Au lieu d'en être bouleversé, j'ai écrit à l'ange de la personne qui avait pris le camion en lui demandant de me le rendre. Quelques jours plus tard, nous avons reçu un appel téléphonique confirmant que le véhicule avait été retrouvé abandonné, les clés toujours dans le contact. À l'exception d'une bosse sur le pare-chocs, il était en bon état. Notre compagnie d'assurances s'occupe de le récupérer pour nous. C'était un service rapide — autant à l'intérieur qu'à l'extérieur!

La prière d'un ministre pour son église fut exaucée: «Trois jours après m'être mis à écrire à l'ange de la prospérité de mon église pour lui demander son aide, un homme élégant est entré dans notre sanctuaire pour m'inviter (moi, un ministre) à déménager dans un temple qu'il venait d'acheter. Il avait pris connaissance de certains de nos écrits qu'il avait appréciés et souhaitait ce genre d'église dans son édifice. Je remercie Dieu et notre ange de la prospérité pour ce revirement de situation puisque je suis ainsi libéré de tout souci financier, ce qui me permet de me consacrer à mon ministère à un niveau spirituel, là où le besoin est plus urgent.»

Des résultats de guérison

Guérison: L'ami d'un homme d'affaires de Chicago fut hospitalisé sans grand espoir de survie. Lorsque l'homme d'affaires prit connaissance de l'état de son ami, il écrivit à l'ange du malade, demandant son aide pour sa guérison. Quand il entendit de nouveau parler de son ami, non seulement était-il sorti de l'hôpital mais il était de retour au travail!

Rétablissement d'un problème d'alcoolisme: «Il y a environ deux ans, j'ai écrit à l'ange de mon ex-mari pour lui demander de l'aider à se débarrasser de son habitude de boire qui ruinait sa vie, comme elle avait détruit notre mariage. J'ai demandé à son ange de l'aider à faire la paix avec notre fils qui avait toujours besoin de lui. Cette demande semblait démesurée puisque mon ex-mari était alcoolique depuis l'âge de 14 ans. De plus, au moment de cette demande, il n'avait pas communiqué une seule fois avec moi ou avec son fils en 12 ans. Il a malgré tout contacté notre fils il y a 2 mois et nous avons appris qu'il avait cessé de boire environ au moment où j'ai écrit à son ange. Mon fils a maintenant un père dont il peut être fier, après tant d'années d'absence. Cette merveilleuse technique de prière qui consiste à écrire à un ange est si efficace. Je souhaite seulement qu'elle soit connue des gens de tous les coins du monde. Combien notre monde pourrait être différent!»

Une femme élégante perd cinq kilos: «Il y a quelques années, j'ai décidé d'écrire à mon ange au sujet de mon problème de poids. J'étais très enthousiaste et, à l'aide de cette technique, j'ai perdu cinq kilos.

Rétablissement d'un problème de toxicomanie chez un vétéran du Viêt-nam: «Depuis que nous avons commencé à écrire à son ange, mon fils s'est inscrit à un programme de réadaptation pour toxicomanes et il s'en tire bien. Compte tenu de la condition mentale et physique dans laquelle il se trouvait à son retour de la guerre, ça semble tenir du miracle. Il travaille maintenant pour le gouvernement. Un autre miracle!»

Des résultats heureux dans des relations

Retour de l'harmonie au sein d'une famille en Afrique: «J'ai écrit à l'ange de ma femme qui nourrissait plein de ressentiment et se répandait en critiques. Elle répond de façon positive depuis lors. Mon fils est aussi devenu plus harmonieux grâce à cette technique spéciale de prière.»

Hostilité dissipée: «La technique de prière qui consiste à écrire à un ange fonctionne réellement. Nous avions tenté d'obtenir de l'aide pour payer nos factures d'hôpital et l'homme à qui nous nous sommes adressés était très hostile. J'ai écrit à son ange pour demander son aide et quand j'ai reparlé à cet homme, il était complètement transformé. *Je suis occupée à écrire quotidiennement à nos propres anges de la prospérité, de la guérison, de l'amour et du mariage et nous constatons des améliorations significatives dans toutes ces sphères.*»

Cessation d'une poursuite judiciaire: Une femme d'affaires apprit qu'on avait engagé une poursuite contre elle tout à fait injustement. Elle avait été victime de circonstances qui relevaient de la responsabilité d'une autre personne. Mais on la blâmait pour l'embrouillamini et c'est elle que l'on poursuivait. La situation était très frustrante jusqu'à ce qu'elle écrive à l'ange de la situation, demandant un règlement rapide et pacifique de l'affaire. Les choses se calmèrent subitement après une période particulièrement déplaisante. L'accalmie perdura pendant plusieurs semaines. Puis elle apprit qu'on laissait tomber la poursuite.

Un jour de la fête des Mères mémorable: «Le plus grand bonheur qui a croisé mon chemin depuis longtemps a été lorsque j'ai passé la fête des Mères avec mon fils et ma fille. En raison d'une précédente action en divorce assez pénible, les revoir semblait tenir d'un miracle. Nous sommes allés au cinéma dans l'après-midi et avons tranquillement soupé ensemble. Mon fils m'a donné un livre et une carte signée «amour». Je regarde cette carte quotidiennement depuis. Il s'est même penché au-dessus de la table pour m'embrasser. Ma fille m'a offert une plante en pot. Notre repas au restaurant qui a duré trois heures, a été très plaisant et très apaisant. C'était un moment tellement agréable! J'ai relu ce que j'avais écrit dans mon journal le matin de la fête des Mères de l'année précédente, un jour plutôt monotone où je m'étais sentie très seule. Ce jour-ci, c'était tout le contraire. Le simple fait d'y penser me comble de bonheur. Je continuerai d'invoquer l'amour divin et d'écrire aux anges de tout ce qui est concerné.»

Écrivez à un ange spécifique pour répondre à un besoin spécifique

Si vous n'obtenez aucun résultat en écrivant d'une manière générale à l'ange d'une personne, sachez qu'il est parfois plus productif d'être spécifique et d'écrire à l'ange correspondant au besoin particulier de cette personne, comme l'Ange de la protection, l'Ange de la guérison, l'Ange de l'amour et du mariage, l'Ange de l'harmonie et du bonheur, l'Ange de la sagesse et des conseils, l'Ange de la prospérité et de la richesse, ou l'Ange de la croissance spirituelle et de la compréhension.

L'Ange de la protection divine

Avant de partir en voyage ou de s'engager dans une situation représentant un défi, il est judicieux de déclarer: «*L'Ange de la protection divine conduit mes pas pour me protéger de toute expérience négative*», ou: «*L'Ange de la protection divine conduit mes pas et me fraie un chemin*». Le prophète Malachie parlait peut-être de l'ange protecteur lorsqu'il a dit: «Voici que je vais envoyer mon messager, pour qu'il fraye un chemin devant moi» *(Malachie 3, 1)*.

Deux missionnaires traversaient une jungle dangereuse où des voleurs les attendaient pour les attaquer. Mais à mesure qu'ils approchaient, ils priaient pour obtenir la protection divine. Les voleurs virent une troisième personne, beaucoup plus grande que nature, qui voyageait avec les missionnaires et qui apparemment les gardait. La présence d'une tierce personne, de cet Ange de la protection, déconcerta et atterra les voleurs. Les missionnaires furent ainsi protégés de tout dommage.

L'Ange de la guérison

Les anciens Hébreux pensaient que Raphaël était l'Ange de la guérison. Il peut arriver parfois que vous désiriez affirmer et/ou écrire ceci: «L'Ange de la guérison apparaît ici et maintenant.»

En Angleterre, il y a bien des années, les journaux ont raconté l'histoire d'une femme malade depuis cinq ans qui était en train de mourir de la tuberculose. Les médecins avaient depuis longtemps renoncé à la sauver et ses proches s'étaient rassemblés au moment où elle avait cessé de respirer et paraissait avoir rendu l'âme. Quelques minutes plus tard, elle prit soudainement une grande respiration et se releva en disant : « Oui, je suis à l'écoute. Qui est là ? ». À ce moment, les personnes présentes dans la pièce virent un ange se pencher au-dessus de son lit de malade qui répondit : « Tes souffrances sont disparues. Lève-toi et marche. »

Lorsqu'elle demanda un peignoir, elle causa un grand émoi autour d'elle puisqu'elle était clouée au lit depuis des mois. Elle se rendit ensuite dans une autre pièce et demanda à manger, bien qu'elle n'eut ingurgité aucun solide depuis des mois.

Après cinq ans d'intenses souffrances, elle recouvra rapidement la santé et les tests médicaux ne révélèrent aucune trace de maladie dans son corps. Par la suite, elle se nourrit bien, elle dormit bien et son état fut calme et paisible. Rien ne semblait la fatiguer ni l'exciter. L'ange lui avait dit que sa vie avait été sauvée pour qu'elle puisse aider à la guérison de son prochain. Elle passa donc beaucoup de temps dans des prières d'intercession pour les malades de son village, demandant à l'Ange de la guérison de leur redonner la santé. Sa vie trouva un nouveau sens et lui apporta une grande satisfaction avec les nombreuses guérisons qui se produisirent.

L'Ange de la prospérité

Un jour, alors que je planifiais un voyage de six semaines pour donner des conférences, je décidai de tester la technique de prière qui consiste à s'adresser à un ange en demandant à l'Ange de la prospérité de prendre les devants et d'ouvrir le chemin de la prospérité et du succès. Les conférences données devant un groupe de professionnels ou de gens d'affaires, ou lors d'un congrès comportaient généralement des honoraires professionnels. Mais les dons reçus lors de conférences données dans des églises étaient souvent si minimes qu'ils ne couvraient pas les dépenses encourues. Or, cette fois-ci, il s'agissait d'une série de conférences dans des églises.

Cependant, lors de ce voyage, après avoir demandé à l'Ange de la prospérité de conduire mes pas, quelque chose de totalement nouveau se produisit. Tout au long de mon parcours, les gens me disaient en privé: «J'ai lu vos livres et ils m'ont été d'un grand secours. Je désire vous prouver ma reconnaissance en partageant une dîme spéciale avec vous.» Il en résulta que je repartis chez moi en emportant un certain nombre de chèques remis personnellement à titre de cadeau spécial et qui me permirent de défrayer les coûts que j'avais souvent dû assumer par moi-même dans le passé.

L'Ange de la richesse

Un homme d'affaires écrivait récemment:

«Je suis sorti de ma misère financière en écrivant à l'Ange de la prospérité quotidiennement. Mais je continuais d'espérer davantage: passer de la prospérité générale à la vraie richesse. Cela ne s'est produit que lorsque je suis devenu plus spécifique et que j'ai commencé à écrire à l'Ange

de la richesse. Maintenant, je suis enfin financièrement indépendant. »

L'Ange de la libération

Si vous n'avez pas réussi à vous affranchir de
vos problèmes de santé, d'argent, de relations humaines ou autres, écrire à l'Ange de la liberté et de la
libération pourrait se révéler très efficace. Un jour,
alors que j'étais incapable de me libérer de gens qui
profitaient de moi de toutes sortes de manières, je
commençai à écrire à l'Ange de la libération en lui
demandant son aide. L'on me montra rapidement
comment réclamer ma liberté afin d'être complètement libérée d'eux. Cette nouvelle liberté fut bientôt
une réelle bénédiction pour toutes les personnes concernées. Le bien de l'un fut le bien de tous.

Chapitre

6

Une technique spéciale d'amour
Deuxième partie

Jean, dans sa Révélation, parle d'écrire aux Anges de sept Églises *(Apocalypse 1, 19-20)*. Le terme *église* symbolise le plus souvent la conscience spirituelle. Les sept églises représentent les sept types de personnes que nous pouvons le plus facilement atteindre spirituellement en écrivant à leur ange ou à leur être suprême de manière spécifique. Il peut s'agir de gens que nous avons été incapables de rejoindre autrement — que ce soit par nos prières générales à leur intention ou par nos écrits à l'Ange de la guérison, de la prospérité, de l'amour, de la richesse, de la libération, tel que décrit au chapitre précédent.

Premièrement:
comment atteindre le type enflammé

«À l'Ange de l'Église d'Éphèse, écris.»
(Apocalypse 2, 1)

Le terme *Éphèse* veut dire «attirant, sympathique». Vous connaissez sans doute des gens sympathiques qui sont difficiles à atteindre. Leur vie extérieure est remplie d'excitation. Ce sont des émotifs, des amoureux du divertissement, des personnages aux goûts théâtraux, des passionnés dans tout ce qu'ils entreprennent. Paul prêcha à Éphèse pendant trois ans parce qu'il constatait qu'il était difficile d'atteindre et d'aider ces personnes.

La chose fantastique à se rappeler au sujet des gens de cette catégorie que vous essayez d'aider est qu'ils nourrissent un intense désir pour un bien suprême dans leur vie. En dépit d'une apparente instabilité, ils sont faciles d'approche, plaisants et agréables et s'intéressent aux choses les plus raffinées. En écrivant à leur ange, en exposant la vérité à leur sujet, vous pouvez facilement atteindre l'aspect le plus profond de leur nature et ils répondront agréablement.

Je connus un jour une personne raffinée de ce type. C'était un homme émotif qui vivait une vie excitante et qui avait un flair pour le grandiose. Il me devait de l'argent pour un travail que j'avais fait pour lui. Plusieurs mois avaient passé et je n'étais toujours pas payée. Mes affirmations n'avaient donné aucun résultat.

Finalement, je me souvins de la technique d'écriture à un ange et un soir (il était assez tard), j'écrivis calmement: «À l'Ange de John Brown (dirons-nous), je te bénis et te rends grâce du fait que tu t'occupes de cette question financière rapidement et du fait que je sois payée immédiatement et complètement.» (J'écrivis cette déclaration 15 fois puisque bon nombre de mystiques croient que le chiffre 15 dissipe l'adversité et les conditions difficiles).

Après avoir écrit cette affirmation, je me sentis beaucoup mieux au sujet de la situation et je fus en mesure de la chasser complètement de mon esprit. Deux jours plus tard, mon ami me téléphona pour me dire que je recevrais le paiement en question par la poste le jour suivant — et c'est ce qui est arrivé!

Deuxièmement: comment atteindre le type aigre-doux

«À l'Ange de l'Église de Smyrne, écris.»
(Apocalypse 2, 1)

Le terme *Smyrne* veut dire «substance fluide». Les Smyrniens ont belle apparence. Ce sont des amoureux du spectacle, de la beauté, des ornements. Ils vivent au-dessus de leurs moyens et ont habituellement des problèmes financiers.

Un homme d'affaires avait beaucoup de difficultés avec sa femme qui avait divorcé. Le cœur brisé parce qu'il l'aimait encore, il avait essayé de lui parler de réconciliation, mais elle était très confuse et il n'arrivait pas à raisonner avec elle.

Il prit connaissance de cette technique spéciale d'amour et fut fasciné par le concept, constatant que sa femme était du deuxième type. C'était une femme attrayante qui aimait les belles choses. En fait, cette particularité avait été l'un de leurs problèmes fondamentaux: elle avait des goûts beaucoup trop dispendieux pour ses moyens.

Il se mit à écrire chaque soir à son ange, en lui demandant de rétablir leur mariage. Un jour, après un bon moment sans nouvelles de son ex-femme, elle communiqua avec lui, déclarant en pleurant que leur divorce avait été une erreur. Ils se remarièrent bientôt. Cet homme put maintenir la paix et l'harmonie avec sa femme en continuant d'écrire à son ange.

Troisièmement : comment atteindre le type intellectuel et distant

« À l'Ange de l'Église de Pergame, écris. »
(Apocalypse 2, 12)

Le terme *Pergame* veut dire « profondément uni, intimement lié ». Il s'agit ici du type imposant, souvent riche, aristocrate — littérateur, scientifique, artistique, amoureux de la société et de la politique, profondément uni, intimement lié dans ses relations familiales, sociales et professionnelles. Ces personnes se méfient des étrangers, des nouveaux amis, des nouvelles idées.

Un jeune homme tomba amoureux et désirait se marier. Mais la femme de son choix provenait d'une famille très liée qui lui refusait toute liberté émotionnelle. Cette famille nourrissait une grande méfiance à l'égard des nouvelles personnes, des nouvelles manières de faire, des nouvelles idées. En fait, ses membres étaient profondément unis contre l'invasion de tout ce qui était étranger.

Le jeune homme comprit que, du point de vue humain, il était inutile d'essayer de conquérir cette fille, même si elle l'aimait, en raison des liens familiaux puissants qui la maintenaient prisonnière.

Étant un étudiant de la vérité, il raisonna que la pratique de l'amour était la seule manière de s'y prendre avec la possessivité de cette famille.

Ce fut à cette période qu'il entendit parler de la technique spéciale d'amour. Il écrivit à l'ange de la fille et à celui de la famille, réclamant sa liberté émotionnelle, un mariage heureux et une famille divinement adaptée à ce changement. Pendant des mois, il continua d'utiliser cette technique sans résultat concret. Puis soudainement, tout changea. Il pressentit l'existence d'une liberté toute nouvelle. Il fit sa demande et les deux jeunes gens furent bientôt mariés. Bien qu'il fallut du temps à la famille de son épouse pour s'adapter au changement et pour accepter émotionnellement d'inclure leur nouveau gendre dans leur milieu, ils s'y résolurent finalement en toute sincérité.

Quatrièmement :
comment atteindre le type zélé et querelleur

«À l'Ange de l'Église de Thyatire, écris.»
(Apocalypse 2, 18)

Le terme *Thyatire* veut dire «impétueux, frénétique, zélé, querelleur, susceptible». Les gens de ce type ont davantage d'idées que d'habileté intérieure à produire des résultats idéalistes. Les Thyatiriens sont très souvent intéressés par les sports athlétiques.

Une femme au foyer apprit que l'instructeur d'un club d'entraînement était très dur envers les adolescents dont il avait la responsabilité. Bien que ces mauvais traitements perturbaient son fils et ses amis, ces derniers s'opposaient à son interférence, prétextant qu'ils récolteraient davantage de mépris de la part de leur instructeur. La mère demanda aux garçons de commencer à écrire à l'ange de cet instructeur, en réclamant un traitement plus équitable et une meilleure compréhension. Elle se joignit à eux dans ce projet.

Il n'y eut aucun résultat apparent pendant un bon moment. Toutefois, tout à fait soudainement, l'instructeur annonça qu'il quittait son emploi pour un meilleur poste dans une école de la localité. En plus d'un meilleur salaire, ce nouvel emploi lui laisserait du temps pour poursuivre sa maîtrise, ce qu'il désirait depuis longtemps. La mère comprit alors que les mauvais traitements du jeune instructeur étaient apparemment nés de sa propre frustration et de son insatisfaction au travail. Le résultat le plus incroyable fut que le fils de cette femme remporta un trophée au club d'entraînement — un trophée surmonté d'une figure d'ange!

Cinquièmement :
comment atteindre le type inquiet et indécis

« À l'Ange de l'Église de Sardes, écris. »
(Apocalypse 3, 1)

Le terme *Sardes* veut dire « prince du pouvoir, timide, craintif, toujours inquiet à propos de quelque chose ». Ces personnes sont des hypocondriaques. Elles ont peur du moindre courant d'air, des accidents, de ce qu'elles mangent. Ces gens recherchent constamment les choses confortables, douces et plaisantes de la vie matérielle. Aucun livre, aucun cours, aucun conseil ne semble pouvoir calmer leurs peurs, mais le fait d'écrire à leur ange exalte l'esprit du courage, de la bravoure, de l'intrépidité en eux et ils se transforment en princes du pouvoir.

Ce type de personnes est toujours en train de changer d'idée. Leur point faible est la gorge, qui est le centre du pouvoir dans le corps. Elles peuvent développer un mal de gorge ou d'autres affections de la gorge lorsqu'elles s'inquiètent.

Cet être dispose d'un grand potentiel pour devenir une personne puissante. En écrivant à son ange, vous stimulez et animez ce centre de pouvoir à l'intérieur de lui. Cela lui donne la stabilité et le courage qu'il souhaite exprimer.

Un homme éprouvait des difficultés à faire aboutir une affaire professionnelle laissée en suspens depuis un bon moment. Toutes les personnes concernées s'entendaient pour conclure les négociations, à l'exception d'un seul homme qui passait son temps à changer d'idée. Il semblait indécis au sujet de tous les aspects de la question.

L'homme d'affaires entendit parler de la technique d'écriture à un ange et comprit que l'homme qui changeait constamment d'idée était timide, craintif, inquiet, indécis. Il écrivit à son ange en demandant que l'affaire trouve un aboutissement approprié et rapide afin que tous soient satisfaits et comblés.

Quelques jours plus tard, l'homme qui restait irrésolu depuis si longtemps dit: «Venez à mon bureau demain matin et les papiers seront prêts pour la signature.» Puis il ajouta: «Cette situation a été suffisamment retardée et j'ai hâte qu'elle aboutisse.»

Sixièmement:
comment atteindre le type engagé
dans des œuvres humanitaires

«À l'Ange de l'Église de Philadelphie, écris.»
(Apocalypse 3, 7)

Le terme *Philadelphie* veut dire «amour fraternel, amour universel». Les gens de ce type parlent beaucoup de la fraternité des hommes, mais l'amour pour eux ne se traduit que par le travail extérieur, plutôt que par la conscience intérieure de l'amour. Ce sont les philanthropes de l'existence humaine. Les organismes communautaires, les clubs, les confréries, les regroupements civiques, les églises sont remplis de gens recherchant l'amour fraternel, l'amour universel. Ceux-ci deviennent parfois frustrés en s'épuisant dans des œuvres humanitaires.

Si vous vous retrouvez dans un groupe ou un organisme au sein duquel l'œuvre humanitaire ne semble pas être équilibrée par une conscience intérieure empreinte d'amour, vous pouvez écrire à l'ange de cet organisme, en demandant que l'amour divin s'anime dans l'esprit comme dans les gestes des membres de ce groupe. Les gens qui ne vibrent pas à l'unisson avec l'amour divin disparaîtront ainsi harmonieusement du groupe et ceux qui sont en harmonie avec ses buts surgiront. Cette voie secrète et paisible permettra d'établir et de maintenir une harmonie interne et externe.

Un cadre se retrouva au beau milieu d'une dysharmonie organisationnelle. Il ignorait précisément qui était responsable du climat d'agitation et de critique qui régnait au sein du groupe. Il essaya diverses méthodes pour rétablir l'harmonie, mais le groupe demeura distant, critique, inharmonieux.

En désespoir de cause, il se mit à écrire quotidiennement à l'Ange de l'organisation, en demandant son aide pour rétablir une conscience empreinte d'amour. Puis il écrivit: « *Je remets ce poids entre les mains de l'Ange de l'amour divin. L'Ange de l'amour s'anime maintenant dans cette situation et en toutes les personnes reliées à cette organisation. L'Ange de l'amour divin règne maintenant en toute suprématie.* »

Bientôt, plusieurs travailleurs bénévoles démissionnèrent de leur poste et quittèrent l'organisation. Puis surgirent de nouveaux travailleurs désireux de contribuer à son expansion d'une manière harmonieuse. La paix et le progrès furent établis et maintenus.

Septièmement: comment atteindre les nomades instables

« À l'Ange de l'Église de Laodicée, écris. »
(*Apocalypse 3, 14*)

Le terme *Laodicée* veut dire «justice et jugement». Les gens de ce type souffrent souvent d'un complexe d'injustice. Ils sont instables, troublés, changeants; ce sont des nomades toujours en quête d'une nouvelle doctrine et de nouveaux lieux. Ils changent souvent de croyances religieuses et d'opinions politiques. Ils sont agités et critiques. Ils s'imaginent fréquemment qu'on est injuste envers eux ou qu'on les maltraite.

On retrouve ce type de personnes passant d'un emploi à l'autre, d'une église à l'autre, d'un organisme à l'autre. Ce sont des esprits grégaires qui ne restent pas en place assez longtemps pour découvrir ce qui leur convient.

Lorsque vous écrivez à l'ange d'une telle personne, déclarez que la loi divine de l'amour et de la justice fait parfaitement son œuvre dans sa vie et dans ses affaires et qu'elle est divinement guidée vers le lieu approprié. Elle répondra inconsciemment de plus en plus à votre vision suprême de justice et de stabilité à son égard.

Écrivez à votre ange personnel

En écrivant à l'ange d'une autre personne, il se peut qu'il ne se passe pas grand-chose. Puis, tout à coup, le vent tourne, des changements surviennent et les questions qui semblaient vouées à l'échec s'éclaircissent très rapidement; mais il arrive parfois qu'il faille exercer sa patience avant que cela ne se produise.

Le mot *ange* veut dire «messager de Dieu». Ne manquez pas d'écrire à votre ange personnel lorsque votre vie semble remplie d'insuccès ou lorsque vous êtes tenté de vous critiquer et de vous condamner. Le livre *The Metaphysical Bible Dictionary** explique: «La

---

* Publié par Unity School of Christianity, Unity Village, Montana 64065, 1931.

tâche des anges est de garder, de guider, de diriger les forces naturelles du corps et de l'esprit qui contiennent l'avenir de l'homme dans sa totalité.»

Emma Curtis Hopkins écrit: «L'Ange de Sa Présence accompagne tous les hommes. (...) Ce guide suprême est l'héritage de tout homme. Celui-ci n'a plus besoin de craindre les jours dangereux ou les circonstances nuisibles quand il est conscient que son ange ouvre sa marche, qu'il plaide sa cause et le défend*.»

Lorsqu'un défi surgit, dites-vous: «*Je n'ai rien à craindre. Mon ange gardien ouvre ma marche, conduit mes pas et rend mon chemin praticable.*» Affirmez cela pour les autres. Une femme d'affaires s'inquiétait à propos d'un voyage en dehors de la ville pour y effectuer des achats. Elle devait conduire environ 300 km dans la pluie et le brouillard, accompagnée de son mari malade qu'elle ne pouvait laisser à la maison. Une amie lui dit: «Tu n'as rien à craindre parce que ton ange gardien sera à tes côtés.»

En revenant de son voyage, la femme dit à son amie: «C'est *vraiment* comme si un ange nous avait accompagnés. En sortant de la ville, le brouillard s'est dissipé en quelques minutes, la pluie a cessé et le soleil est apparu. Le beau temps a duré tout au long du trajet. Cette excursion a relevé le moral de mon mari et il n'en a subi aucune conséquence négative. Financièrement, ce voyage a été un des plus profitables depuis longtemps.»

---

*   Hopkins, *High Mysticism*, Marina del Rey (Californie), Devorss & Co.

Écrire à un ange ne peut causer ni blessure ni tort

Ne vous attendez jamais à ce que votre ange ou celui d'une autre personne satisfasse une demande susceptible de causer des blessures ou des dommages à quelqu'un. Soyez prêt à ce que quelque chose d'infiniment mieux que ce que vous espériez se produise avec cette technique spéciale d'amour. Elle ouvrira la voie pour que votre bien et celui de toutes les personnes concernées se manifeste d'une manière illimitée et satisfaisante.

Pour invoquer la technique spéciale d'amour, méditez souvent sur la promesse du Psalmiste: «Le malheur ne peut fondre sur toi ni la plaie approcher de ta tente: il a pour toi donné ordre à ses anges de te garder en toutes tes voies.» *(Psaumes 91, 10-11)*

Chapitre

7

Comment l'amour conduit-il à la prospérité?

Je dois admettre que la première fois que je lus les paroles de Charles Fillmore dans son livre *Prosperity**, leur valeur pratique me laissa sceptique: «Dites-moi quel genre de pensées vous nourrissez envers vous-même et votre entourage et je vous dirai exactement ce à quoi vous pouvez vous attendre en matière de santé, d'argent et d'harmonie. ... Vous n'arriverez pas à aimer Dieu et à mettre votre confiance en Lui si vous détestez les hommes et vous en méfiez. Les deux concepts, amour et haine, confiance et méfiance, ne peuvent simplement pas coexister dans votre esprit et lorsque vous entretenez l'un, vous pouvez être certain que l'autre est exclu. Faites confiance aux gens et utilisez le pouvoir que vous accumulez par cet acte pour faire confiance à Dieu. Il y a quelque chose de magique dans cette pratique:

*   Publié par Unity School of Christianity, Unity Village, Montana 64065, p. 118.

elle fait des miracles ; l'amour et la confiance sont des pouvoirs dynamiques et vitaux. »

Ces mots se retrouvent dans le chapitre sur l'endettement. Jamais je n'aurais pu imaginer que l'amour ait quelque chose à voir avec cela !

L'amour dissout une dette pour un homme d'affaires

Mais l'amour a *vraiment* quelque chose à voir avec la dissolution de l'endettement. Le propriétaire d'une entreprise de meubles raconta un jour une de ses nombreuses expériences en la matière.

Cet homme avait un client qui refusait de payer la machine à laver qu'il avait achetée chez lui. La société de crédit finit par saisir l'appareil ménager ; puis le client se précipita au magasin et se mit à crier contre le propriétaire en utilisant un langage abusif. L'homme enragé pesait certainement près de 110 kg et mesurait 1,90 m, alors que l'homme d'affaires était beaucoup plus petit. Pendant que le client lançait ses infâmes accusations, son adversaire écoutait calmement ; et chaque fois que c'était possible, il disait entre les calomnies : « Mais monsieur, je vous aime ! » Il fit cette déclaration des douzaines de fois jusqu'à ce qu'enfin le client enragé disparaisse, complètement dégoûté.

Environ 30 minutes plus tard, ce dernier revint pour s'excuser de son attitude et remercia le propriétaire du magasin de meubles pour la manière dont il avait réagi dans la situation. Le client lui expliqua ensuite qu'il avait perdu son dernier emploi à cause de son mauvais caractère qui l'avait conduit à agresser un homme qui dut être hospitalisé.

Il affirma également que la manière avec laquelle le commerçant avait manœuvré avait complètement transformé son caractère et lui avait montré combien il avait été insensé. Il promit de payer l'appareil aussitôt qu'il se trouverait un emploi — et c'est ce qu'il fit. Il devint un client régulier et fiable de ce commerçant qui avoue aujourd'hui qu'il n'avait pas été facile de dire «Je t'aime» à un autre homme, surtout un homme enragé, mais que sa déclaration avait vraiment valu la peine.

Un avocat fait appel à l'amour
pour récupérer de l'argent

Un avocat, qui avait aussi étudié le livre *Prosperity* de Charles Fillmore, raconta un jour comment il avait réussi à recouvrer deux comptes importants en répandant l'amour et la confiance agissant comme des pouvoirs dynamiques et vitaux.

À la fin de l'année, en parcourant ses livres, il trouva deux comptes assez importants toujours en souffrance. Il se rappela les paroles de monsieur Fillmore: «Une pensée d'endettement génère l'endettement.» Il en déduisit qu'aussi longtemps qu'il croirait en une dette, qu'il s'irriterait à cause d'une dette, ou qu'il s'accrocherait à la pensée d'une dette envers lui ou un autre, il continuerait d'être accablé par les dettes. Ainsi, pour s'affranchir de ses pensées négatives et dans le but d'invoquer le pouvoir de l'amour et de la confiance, l'avocat prit mentalement note des clients qui lui devaient de grosses sommes. Il commença à bénir leur nom quotidiennement, chacun séparément, en supprimant sincèrement l'idée de dette attachée à chacun d'eux.

Après que l'avocat ait utilisé ce système pendant un certain temps, les deux clients qui lui devaient les plus importantes sommes réglèrent leur dette le même jour, l'un d'eux ayant posté son chèque couvrant le montant au complet depuis un autre État.

Comment on utilise l'amour pour prospérer

Je ne nourris plus aucun doute sur les prétentions de Charles Fillmore au sujet du pouvoir triomphant de l'amour. J'ai découvert que c'est vrai: l'amour et la confiance *sont* des pouvoirs dynamiques et vitaux qui semblent contenir des pouvoirs magiques susceptibles d'accomplir des miracles. Les exemples suivants ne sont que quelques témoignages reçus de mes lecteurs au cours des ans. Ils illustrent bien cette vérité.

Premières vacances en huit années: «Je n'avais pas pris de vacances depuis huit ans lorsque j'ai commencé à déclarer: *«L'amour divin prévoit tout et pourvoit suprêmement à tout maintenant»*. Mon ami m'a bientôt donné en cadeau un billet aller-retour pour la Floride. Une autre amie m'a invitée à partager sa chambre d'hôtel pendant son voyage d'affaires dans cet État. Mes seules dépenses seraient mes repas. Ces vacances étaient une réelle bénédiction pour moi.»

De meilleures conditions de logement: «Après que j'ai commencé à utiliser quotidiennement les déclarations sur l'amour divin, des miracles se sont produits. Une amie m'a bientôt invitée à m'installer dans une chambre qui était libre chez elle. Nos frais respectifs ont été réduits de moitié en raison du partage des dépenses. J'ai vendu presque tous mes vieux meubles en seulement quatre jours — un autre miracle. Le produit de cette vente m'a dépannée jusqu'à ce qu'un autre m'envoie l'argent qu'il me devait. *Le Pouvoir triomphant de l'amour* a réellement fait son œuvre dans ma vie!»

Comment il réussit son examen comme agent immobilier: «Je devais passer un examen plutôt difficile et compliqué pour devenir agent immobilier. Ce test particulier, conçu pour éliminer le maximum de candidats possible, exigeait que l'on mémorise 150 pages de données juridiques. Je déteste les recueils de textes et mes yeux devenaient vitreux chaque fois que je tentais d'étudier. De plus, je n'avais pas passé d'examen depuis 40 ans. C'était le premier du genre et il exigeait tellement de mémoire et de précision! Puis je me suis rappelé avoir lu qu'une personne se doit de répandre l'amour dans tout ce qu'elle fait. C'est ce que j'ai fait et j'ai réussi!»

Un atelier d'ébénisterie prospère: «Depuis que j'ai commencé à utiliser des déclarations sur l'amour divin, les contrats pleuvent à notre atelier d'ébénisterie. Nous avons été si occupés que nous avons dû engager un autre employé qui nous est d'un grand secours. L'amour nous fait *réellement* prospérer.»

Un parent unique prospère: «Depuis que j'ai commencé à étudier votre livre, j'ai souvent utilisé des affirmations sur l'amour divin pour m'aider à satisfaire mes besoins et le bien a fréquemment frappé à ma porte — parfois tout à fait miraculeusement. Je n'avais pas un sou devant moi. Grâce à l'amour divin, pourtant, j'ai pu acheter une automobile d'une valeur de 4 000 $. Mes enfants et moi avions besoin d'un véhicule depuis longtemps, mais étant parent unique je pensais qu'il n'était pas raisonnable de nous lancer dans cette entreprise. Après avoir payé la nourriture, les vêtements et le loyer, il ne restait pas grand-chose. Je n'avais aucune économie à l'exception de la dîme que je donnais à l'œuvre de Dieu. J'appelais cela ma banque spirituelle. Quand ma cousine m'a annoncé qu'elle s'achetait une nouvelle auto, je lui ai demandé si elle pouvait me réserver son vieux véhicule. À la maison, les enfants et moi avons commencé à affirmer ceci: *«L'amour divin nous procure maintenant l'argent nécessaire pour acheter le parfait véhicule pour nous et pour le payer sans grever notre budget.»* J'ai ensuite emprunté 500 $ sur une petite police d'assurance et un autre 500 $ à une amie. Mais la banque a refusé ce versement initial parce qu'elle exigeait la moitié de la somme totale comme acompte lorsqu'il s'agissait d'un véhicule d'occasion. Ma cousine m'a confirmé qu'elle me gardait l'auto même si elle avait reçu plusieurs offres de paiement en argent. Les enfants étaient d'accord avec moi que l'amour divin était responsable de tout et qu'il ne pouvait se produire que ce qu'il y avait de mieux. Malgré mon désappointement, j'ai réussi à me libérer de l'affaire en la confiant à l'amour divin. C'est à ce moment que ma cousine m'a apporté le véhicule en disant que je pouvais commencer à faire des paiements quand ma demande de prêt serait réglée de façon satisfaisante. Nous avons donc eu l'auto à temps pour les vacances estivales. L'amour divin a réussi à faire son œuvre pour nous. Au travail, j'ai bientôt bénéficié d'une nouvelle entente salariale avec une paie rétroactive de 2 500 $ et une augmentation de 350 $ par mois. Cela m'a permis de donner l'acompte exigé et de faire mes paiements mensuels sans alourdir mon budget, conformément aux termes de notre affirmation. C'est réellement une joie de prospérer grâce à l'amour divin.»

L'amour fait chuter les prix: «C'est vrai que les plantes répondent à l'amour. Pendant des semaines, je regardais avec envie une plante en pot au supermarché, mais le prix était trop élevé pour mes moyens. Je pensais tout de même souvent à cette plante avec beaucoup d'affection. Samedi dernier, pendant que je faisais mes courses, j'ai regardé la plante, en pensant combien j'aimerais l'avoir à la maison. Comme je m'apprêtais à m'en éloigner, un commis s'est approché et a dit: «Le prix des plantes sur cette tablette est de 0,99 $ pour toute la journée.» Et zap! L'amour va même jusqu'à réduire les prix!»

L'amour divin peut satisfaire tous les besoins

Une amie de longue date disait souvent: *«L'amour divin a toujours satisfait tous les besoins et le fera toujours.»* C'est vrai, lorsque nous lui accordons notre attention.

L'amour à la rescousse: «J'étais en route vers la maison après avoir donné un cours à environ 100 km de chez moi. Il y avait de la neige en bordure de la route, mais je n'avais pas remarqué la glace sur la chaussée. Il était une heure du matin et je roulais assez vite quand soudainement mon auto s'est retrouvée enfouie dans un banc de neige ou congère. J'avais de la neige jusqu'aux genoux lorsque j'en suis sortie. Je me suis mise à remonter la route dans le noir en affirmant: «*Je fais appel à l'amour divin pour qu'il accomplisse tout miracle nécessaire dans cette situation maintenant.*» En quelques instants, un homme est arrivé dans une camionnette à quatre roues motrices qui contenait une bande de fréquences banalisée et une chaîne. L'homme possédait de plus le savoir-faire pour sortir mon auto de l'amas de neige. Quinze minutes après mon dérapage, je reprenais le chemin de la maison. Une bosse sur la porte gauche était le seul dommage sur mon véhicule. Quand j'ai fait appel à l'amour divin pour accomplir un miracle en ma faveur à une heure du matin, alors que j'étais prise dans la neige en pleine noirceur, il m'a exaucée! Ça a été une magnifique expérience pour moi.»

Il traverse une expérience d'emprisonnement en vainqueur: «On m'a accordé une commutation de ma peine d'emprisonnement à vie. Le comité a suivi la recommandation du personnel de l'institution qui voulait que je fasse encore cinq ans de prison avant de bénéficier d'une libération conditionnelle. J'étais déçu de cette décision, mais pas découragé. Je poursuivrai ma relation avec Dieu et je ferai de mon mieux pour compenser le crime que je regrette avoir commis. Je continuerai d'utiliser les déclarations de prière sur l'amour divin afin de traverser mon expérience d'emprisonnement en vainqueur.»

L'amour divin l'aide à s'établir en Amérique: «Les affirmations sur l'amour divin ont fait des miracles pour moi. Bien que je sois nouvellement arrivée dans ce pays, j'ai déjà une multitude d'amis et même un partenaire de prière.»

Comment elle se maria et demeura mariée: «J'ai décidé l'année dernière que je n'allais pas laisser cette bonne manière de penser et de vivre passer sans s'arrêter. Je désirais me marier et suis devenue très spécifique dans ma liste de prière au sujet des qualités recherchées chez un mari. J'ai utilisé les déclarations sur l'amour divin quotidiennement. Nous nous sommes rencontrés en juin et nous sommes mariés en janvier. Je n'ai jamais été aussi heureuse. Ce mariage est la meilleure chose qui ne soit arrivée. Lorsque des ajustements se sont avérés nécessaires dans notre mariage, j'ai utilisé les affirmations. Les difficultés disparaissaient immanquablement. L'amour divin a accompli un miracle dans ma vie et je suis convaincue qu'il fera la même chose pour quiconque fera appel à lui!»

L'amour était très exigeant pour son âme: «L'amour divin fonctionne de bien mystérieuses manières. J'ai retenu ce qu'il y avait de meilleur de deux mariages désastreux. «Le meilleur», c'était deux bons enfants qui ont traversé des expériences apparemment insurmontables à l'époque. Je suis ressortie grandie spirituellement de ces épisodes très exigeants pour mon âme. Je sens qu'une nature plus pure, plus raffinée est en train d'émerger. Mes enfants réussissent bien à l'école et je m'investis actuellement dans un groupe d'étude que je trouve très inspirant.»

L'amour est libéré grâce à la dîme

Il y a plusieurs décennies, lorsque je quittai le monde des affaires pour le saint ministère, une jolie femme ministre avec qui j'avais brièvement travaillé me demanda de l'aider avec sa correspondance. Lorsqu'elle prit connaissance de certaines lettres que j'avais préparées, elle me dit: «Elles sont correctes, mais mettez-y un peu d'amour.» J'avais répondu à son courrier en observant strictement les règles de l'art, mais j'avais négligé d'y inclure l'esprit de l'amour.

Mettre Dieu au premier plan financièrement sur une base régulière et constante est un moyen assuré de libérer le pouvoir triomphant de l'amour pourvu que vous mettiez délibérément de l'amour dans vos actes de donation. Assurez-vous de payer votre dîme avec amour. Les gens payent parfois leur dîme dans l'observance de la loi, mais ne récoltent pas tous ses fruits s'ils ne l'ont pas fait dans l'esprit de l'amour[*].

---

[*] On retrouve des chapitres sur le paiement de la dîme dans les livres suivants écrits par l'auteure: *The Prosperity Secret of the Ages*, *The Dynamic Laws of Healing*, *Dare to Prosper*, *The Prospering Power of Prayer*, Open Your Mind to Prosperity, Open Your Mind to Receive, The Secret of Unlimited Prosperity, *The Millionaires of Genesis*, *The Millionaire Moses*, *The Millionaire Joshua* and *The Millionaire from Nazareth*. Les trois titres soulignés seront disponibles en français bientôt. (Note de l'éditeur).

Il est facile de mettre de l'amour dans vos dons lorsque vous comprenez que la toute première dîme que vous recevez appartient à Dieu de toute façon et que vous ne faites que Lui retourner la dîme sacrée qu'Il vous a donnée et qu'Il continue de vous accorder. «Et toute dîme (...) sera chose consacrée à Yahvé» (*Lévitique 27, 32*).

En constatant cela, vous éliminez toute peur et tout ressentiment à l'égard de l'acte de donation. Cette constatation remplit plutôt vos dons de l'amour de Dieu et de la reconnaissance pour Ses nombreux bienfaits. «Souviens-toi de Yahvé ton Dieu: c'est lui qui t'a donné cette force, pour agir avec puissance» (*Deutéronome 8, 18*).

Le secret de la croissance financière

Le terme dîme vient du latin *decima* qui veut dire «dixième». Depuis les temps anciens, le chiffre 10 fut toujours considéré comme le nombre magique de l'accroissement. Toutes les grandes civilisations et cultures enseignaient et pratiquaient la loi de la dîme qui mène à la prospérité. L'on considérait qu'en donnant un dixième de son avoir au Créateur on se mettait à l'unisson avec la sagesse et la fortune de l'Univers. Le paiement d'une dîme, en tant qu'acte de dévotion spirituelle et en tant qu'acte d'invocation à l'abondance universelle, est pratiqué depuis la préhistoire.

Comme les anciens Hébreux le prouvèrent, payer une dîme fait prospérer. La dîme totale de John D. Rockefeller pour l'année 1855 fut de 9,50 $. En 1934, sa dîme augmenta à un total de 531 millions. Il faisait souvent cette observation: «C'est Dieu qui m'a donné ma fortune.»

Le partage est le début de la croissance financière, souligne le prophète: «Apportez intégralement la dîme au trésor, pour qu'il y ait de la nourriture chez moi. Et mettez-moi ainsi à l'épreuve, dit Yahvé Sabaot, pour voir si je n'ouvrirai pas en votre faveur les écluses du ciel et ne répandrai pas en votre faveur la bénédiction en surabondance. *(Malachie 3, 10).*

Avec le temps, le fidèle payeur de dîme se retrouvera remarquablement comblé, conformément à la promesse de Malachie. En fait, ceux qui suivent son conseil sur une base régulière, en payant leur dîme systématiquement, réalisent généralement que le temps est venu où ils en ont plus qu'il ne leur en faut, assez pour partager, plus qu'ils n'auraient jamais pu imaginer!

Les innombrables bienfaits de la dîme

De toutes les lois universelles sur lesquelles j'ai écrit au fil des années, la loi de la dîme menant à la prospérité semble être celle qui fascine le plus les gens, probablement parce qu'elle porte en elle un ancien héritage de succès. J'ai reçu davantage de correspondance sur le sujet de la dîme que sur toutes les autres lois de la prospérité combinées!

Voici quelques témoignages d'innombrables bienfaits récoltés par la pratique du paiement d'une dîme:

Disparition d'une anxiété monétaire: «Au début, le paiement d'une dîme me répugnait. Mais j'ai rapidement compris que n'importe quelle loi de la prospérité qui a rendu les anciens Hébreux millionnaires, comme tant d'autres personnes depuis, valait la peine d'être mise à l'épreuve. Lorsque j'ai commencé à payer une dîme, toutes les anxiétés monétaires qui m'accompagnaient depuis si longtemps ont disparu! Je me suis senti guidé, protégé, plus en sécurité, plus calme. *Le paiement d'une dîme a transformé ma vie, plus que toute autre technique conduisant à la prospérité.*»

De perdant à gagnant: «J'ai maintenant une nouvelle maison de pierre dans un des plus beaux quartiers de notre ville. J'ai acheté récemment un terrain sur le bord d'un lac où construire un camp d'été. Je suis maintenant propriétaire de l'édifice à bureaux où je travaille et mon cabinet fonctionne bien. Le paiement d'une dîme a transformé l'ancien perdant que j'étais en gagnant.»

Des revenus triplent en moins d'un an: «En consultant mes rapports financiers, je me suis rappelé que mes revenus avaient triplé en moins d'un an depuis que j'ai commencé à payer une dîme! L'acte de donation me fait me sentir si riche.»

Comment il évita des problèmes: «Je plains les gens qui sont trop hostiles à l'idée du paiement d'une dîme, au point de s'accrocher à chaque sou. En conséquence, ils se retrouvent dans des situations déplaisantes, dépensant beaucoup plus d'argent que le montant de la dîme dans un effort pour se libérer d'expériences non désirées et contrariantes — qu'ils auraient pu éviter en premier lieu s'ils avaient mis Dieu au premier plan financièrement. Payer une dîme est la meilleure façon d'accéder au succès et je remercie le ciel de l'avoir découverte.»

Pourquoi le paiement de sa dîme ne fut pas productif: «Je payais une dîme dans le passé, mais comme je croyais que je ne devais pas espérer quoi que ce soit en retour (même si la Bible dit précisément *le contraire*), je n'ai récolté aucun des bienfaits qui m'étaient dus. Et j'ai cessé de payer ma dîme en 1973. Je suis beaucoup plus heureuse maintenant que je sais qu'il est normal et acceptable de m'attendre à ce que les promesses bibliques de prospérité au sujet de la dîme soient exaucées en ma faveur. C'est soudainement devenu une joie de donner. Après avoir étudié plus profondément la loi de la dîme menant à la prospérité, les raisons pour lesquelles j'ai eu ces accidents et tous ces maux sont devenues très claires pour moi. Depuis que je me suis engagée envers Dieu à payer ma dîme régulièrement, la douleur a diminué et mon avenir est devenu plus reluisant.»

Une veuve prospère: «Je suis veuve depuis 8 ans. Je demeure dans ma propre maison et je reçois 260 $ par mois de l'aide sociale. Mais je partage joyeusement ma dîme. J'ai commencé à donner de toutes les manières qui m'étaient indiquées dans le but de créer de l'espace pour recevoir davantage. Ça fonctionne! Mon fils et sa femme m'ont offert un très beau voyage.

Nous avons traversé la Virginie cet automne. Maintenant, ma petite-fille s'est arrangée pour que je prenne l'avion vers le Nouveau-Mexique pour passer un mois avec de la parenté en visite de l'Arizona et du Montana.»

Une divorcée recommence sa vie: «Peu de temps après mon divorce, mes parents m'ont initiée à votre livre *Le Pouvoir triomphant de l'amour*. Mais je n'étais pas encore prête à accepter la paix et la prospérité que je pouvais réclamer pour moi-même. Le paiement d'une dîme est l'un des enseignements de Catherine Ponder que j'ai eu de la difficulté à accepter. Je continuais de lutter pour survivre financièrement et de faire des efforts inutiles. Finalement, quand je n'avais plus que 25 $ en poche et que j'ignorais d'où viendraient les prochains sous pour subvenir aux besoins de mes enfants, j'ai décidé de payer ma dîme. J'ai compris que je devais mettre Dieu au premier plan financièrement si je voulais prospérer et réussir d'une manière permanente et durable. Le jour suivant, j'ai reçu 190 $ en prime de l'entreprise que j'avais quittée trois mois auparavant. Je sens que je vais maintenant m'engager dans une existence beaucoup plus prospère que jamais. C'est mon héritage spirituel et je le réclame.»

Changer de donataire donna des résultats: «Je me suis mise à nourrir du ressentiment contre la congrégation avec laquelle je n'avais plus aucune affinité spirituelle et que j'avais dépassée. Je donne maintenant à l'église de laquelle je reçois mon aide spirituelle et mon inspiration et j'ai prospéré en conséquence.»

Une voie ultime pour invoquer
le pouvoir triomphant de l'amour

Puissent les témoignages précédents vous convaincre d'invoquer le pouvoir de l'amour susceptible de mener à la prospérité en mettant Dieu au premier plan financièrement — ce qui ne manquera pas d'ouvrir la voie à l'accroissement d'un bien abondant et permanent à tous les stades de votre vie. Comme le prophète Malachie le soulignait, vous ne méritez rien de moins!

Une note spéciale de l'auteure

Grâce au généreux don de leur dîme au cours des ans, mes lecteurs m'ont permis d'implanter financièrement trois nouvelles églises — la plus récente étant un ministère mondial, la non confessionnelle *Unity Church Worlwide*, avec son siège social à Palm Desert en Californie. Je vous remercie infiniment pour votre aide dans le passé et pour tout ce que vous continuez de partager.

Vous êtes également invité à partager votre dîme avec les églises de votre choix — surtout celles qui enseignent les vérités décrites dans ce livre. Le soutien que vous apportez à ces églises peut aider à répandre la vérité prospère que l'humanité réclame de nos jours dans cette ère nouvelle.

Au sujet de l'auteure

Catherine Ponder est l'une des premières auteures américaines ayant écrit sur le thème de la prospérité. Elle a signé plus d'une douzaine de titres, incluant des best-sellers comme *Les Lois dynamiques de la prospérité* et sa série «Millionaires of the Bible» (Les Millionnaires de la Bible).

Catherine Ponder — surnommée depuis longtemps «la pionnière de la pensée positive» — occupe un ministère au sein de la foi non confessionnelle Unity. Certains la désignent même comme étant «celle qui ressemble le plus à Norman Vincent Peale parmi les femmes ministres». Elle exerce ses fonctions dans les églises de la Unity depuis 1956 et est à la tête d'un ministère mondial à Palm Desert en Californie.

Son nom apparaît dans les livres *Who's Who in Relation* et *Who's Who in the World*.

☐ Oui, faites-moi parvenir le catalogue de vos publications et les informations sur vos nouveautés

☐ Non, je ne désire pas recevoir votre catalogue mais seulement les informations sur vos nouveautés

OFFRE SPÉCIALE

OFFRE SPÉCIALE

GRATUIT
OFFRE
D'UN
CATALOGUE

Nom: _____

Profession: _____

Compagnie: _____

Adresse: _____

Ville: _____

Code postal: _____

Téléphone: (_____)_____

Télécopieur: (_____)_____